するには

ー・マン

フランク・ヒューイットは芸能界の大スター。彼が死ねば，トリビュート番組や伝記映画などで業界は大もうけできる。殺し屋の“わたし”はフランク殺しを依頼され……。二転三転するスター暗殺劇の意外な顛末を描き英国推理作家協会短篇賞を受賞した表題作のほか，刑事の相棒として赤ん坊が採用され，殺人事件の捜査を行う「マイロとおれ」，日々の買いものリストだけで構成された異色作「買いもの」，ミステリ出版界の裏事情を語るゴーストライターものの一篇など多彩な12作を収録。奇想とユーモアにあふれた傑作短篇集をお楽しみください。

フランクを始末するには

アントニー・マン
玉木　亨訳

創元推理文庫

MILO and I

by

Antony Mann

目次

フランクを始末するには

ジュディに、変わらぬ愛をこめて

エラスティック出版のアンディ・フック、
『クライムウェイブ』の鬼才アンディ・コックス、
最高の表紙にしてくれたアンディ・スキナーに感謝する。
おっと、“アンディ”が三人だ！

マイロとおれ
Milo and I

「おい、マイロ」おれはいった。「おまえ、くさくないか」

マイロはその言葉を無視した。おれは自分の考えを声にだしていっているだけだった。マイロはボトルを手に、そのぼんやりとした大きな茶色い瞳でおれをみつめ、アビの鳴き声そっくりの笑い声をあげた。それから、一瞬、返事をするかに見えた。だが、口をひらいたのは、ふたたびボトルをそこに突っこむためだけにすぎなかった。やつはごくごくと吸いこむようにして飲むと、満足げにおくびをもらした。卵みたいな、ほぼつるっぱげの頭。生まれたときから、ずっとそうだ。

「どうした？」おれはいった。「ネコに舌をとられたのか？」

「ネコ！」マイロはそういうと、期待をこめて部屋のなかを見まわした。

「いや、ここにネコはいない、マイロ」おれはいった。そう、ネコはいなかった。かわりに、男の死体が居間のクリーム色の絨毯《じゅうたん》の上で大の字に寝そべっていた。すっきりとしたひたいの真ん中に、これまたすっきりとした銃弾の穴があいている。だが、後頭部のほうはそれほどすっきりというわけにはいかず、鑑識の連中がまだピンセットで頭蓋骨の破片をパイル地の絨毯からとりのぞいているところだった。年齢は五十歳くらい。床に寝そべっているし、右脚が奇妙な角度で身体から突きだしているので見当をつけにくかったが、体格は平均よりやや小柄といったところか。髪は銀白色で、ショートレイヤーにカットしてある。この日のいでたちは黒い靴とグレーのスラックスと黒い襟なしのプルオーバーで、自前の白い肌と乾いた血をのぞくと、全身を黒とグレーで決めていた。死体になってもなお、洗練された男だったことがわかった。

ウッドストック巡査部長がおれに気づいて、ぶらぶらとちかづいてきた。制服姿でなければ、食生活に問題ありの建設業者といってもとおりそうな男だ。

「ここは犯罪現場だ、マッキャン刑事」ウッドストック巡査部長がいった。「その赤ん坊は？」

「ネコ！」そういうと、マイロはおれの腕のなかでもがいて逃げだそうとした。まだ生後十三カ月だから、どうせ遠くまではいけやしないだろうが。

「いや、ここにネコはいない、マイロ」おれはくり返した。「あとで見にいこうな。おまえがいい子にしてたら」

「その子、くさくないか」ウッドストック巡査部長がいった。

「おれもさっき、本人にそういったんだ。おむつをとりかえる必要がある。志願するか？」

「いや、せっかくだが、けっこう」ウッドストック巡査部長がいった。「うちで何年も、かみさんがやってるところを見てきたんでね。マイロか。子供の名前としちゃ、どうかな？」

「大人の名前としても、どうかと思うね」おれはいった。

「子守りがみつからなかったとか？」

「おれもこいつも勤務中だ」巡査部長に説明する。「あたらしい実験さ」

「ああ、聞いたことがある。冗談かなにかだと思ってたんだが」

「冗談だとしたら、そのオチをおれはまだ聞かされちゃいないな」

要は、こういうことだ。優秀な刑事というのは、事件をつねに純真な目で見る。凝り固まった考えや偏見にまどわされることなく、あらゆる事実や証拠に等しく目をくばる。だが、優秀な刑事など、いまや何人残っているというのか？　三人？　五人？　はっきりしたことは誰にもわからないが、十人にも満たないのは確かだ。そして、そのなかにおれがふくまれていないのも。そこで、マイロが登場してくる――それを必要とするほかの刑事たちにも、それぞれの赤ん坊が。〈天真爛漫《らんまん》〉計画だ。マイロは、おれが失ってしまった不思議さを感知《センス・オブ・ワンダー》する感性のかわりをつとめてくれることになっていた。おれが運転免許証を取得し、最初のクレジットカードを作ったときに、あっけなく捨て去り、永遠に失ってしまった、日常の平凡な事柄に対する興味のかわりだ。もちろん、おれにだって、いまでも興味をもってることはいくつかある。最後に数えてみたときには、三つ——女と、スポーツと、酒だ。三番目のものは一番目のものへの興味をよりかきたててくれるし、二番目のものの観戦は一番目のものと三番目のものとのあいだの時間をつぶしてくれる。ツイてるときには、その三つが同時にかさなることだってある。

「それで、被害者は？」おれはたずねた。いまではマイロも捜査チームの一員だとわかっていたので、ウッドストック巡査部長はおれたちふたりにむかってしゃべった。おれの相棒ということで、マイロは——ある意味では——巡査部長よりも立場が上だった。

「マックス・キャシディ。五十二歳。南東部で小規模に展開している家具のチェーン店のオーナー。結婚はしているが、一年前から奥さんと別居。子供はなし。ここでひとり暮らしをしていた。どうやら犯人は知りあいらしい。無理やり押し入ったり、あらそったりした形跡はなし。被害者を撃った拳銃は、至近距離から発射されている」ウッドストック巡査部長はマイロに目をむけた。「もう一度くり返したほうがいいかな？」

「ネコ！」マイロがいった。

「それじゃ、現場を見せてもらおうか」おれがそういうと、ウッドストック巡査部長はぎょっとした。

「銃が発砲された現場を赤ん坊がうろつき《クロール》まわるなんて、とんでもない！　いくら、その赤ん坊がチームの一員だからって」

「はいはい《クロール》してまわるなんて、誰がいった？　こいつは家具につかまり立ちして歩けるんだ」

「あんた、子持ちじゃないね？」

「ああ、おれの知るかぎりでは」

「それじゃ、ガキが四人いる男の言葉に耳をかたむけたほうがいい。たとえ実生活で暴力にさらされてなくても、子供はテレビでじゅうぶんそいつを目にしてるんだ。一時間したら、またきてくれ、いいな？　サンドイッチでも食べてきなよ。さもなきゃ、ラスクでも」ことこの分野にかんしては、ウッドストック巡査部長のほうがおれよりも立場が上だった。

「こいつのおむつを替えてくるよ」おれはいった。

北オックスフォードにあるマックス・キャシディの家はでかく、それとおなじことが居間についてもいえた。幅の二倍はある奥行き。高い天井。すでに死体がはこびだされていたぶん、まえよりもこころもち整然としている。鑑識の連中とウッドストック巡査部長もすでにひきあげたあとで、部屋にはおれとマイロだけだった。それと、血の染みがいくらかと、あふれんばかりの家具（どうやらキャシディは、仕事を家にもち帰って溜めこむタイプだったらしい）。骨董品が数点あったが、がらくたも腐るほどあり、そこいらへんに適当におかれていた。奥にある幅広のガラス戸のむこうには手入れされていない広大な芝生がつづいており、それを目でおっていくと、庭の先にある小さくてしょぼいリンゴの果樹園にいきついた。煉瓦造りの高い壁が、この不体裁な庭が近所の人たちの目にふれないようにしていた。ここには金がたんまりとあったが、それがあまり有効にはつかわれていなかった。

「このキャシディって野郎は、身なりは洒落てたくせして、暮らしぶりはブタも顔負けだったんだな」おれは声にだしていった。

「ブタ！」マイロはそういうと、期待をこめて部屋のなかを見まわした。

「いや、ここにブタはいない、マイロ」おれはいった。「あとで見にいってもいいかもな。おまえがいい子にしてたら。それじゃ、手がかりをさがすんだ」

　おれはマイロを床におろすと、ふたつある本棚のうちの大きなほうにちかづいていった。そして、そのそばにある豪華なオリーブグリーン色の肘掛け椅子にすわって、相棒が仕事にとりかかるのをながめた。マイロはさっそく動きはじめた。やつは赤ん坊にとっての天国にいるといってもよかった。うちでは絶対にさせてもらえないようなことを、なんでもやらせてもらえるのだ。マイロはつぎつぎとものを倒して床に落としていき、そうやって落としたものに自分でつまずいて転んだ。床に落とさなかったものは、手にとって逆さまにした。隅の段ボール箱のなかに古い雑誌が山積みになっていた。マイロはそれをとりだして箱のなかにはいりこみ、それから自分をとりだした。部屋の反対側にある小さいほうの本棚のまえに立つと、下のふたつの棚にならぶ本を一冊ずつひき抜いていった。途中で、忘れられた作家の色あせたハードカバーの本をひらいてすわりこみ、そこに印刷されている単語をみつめていた。おそらく、両親が本を読むところを見たことがあって、その真似をしているのだろう。やがてマイロはおれのほうに目をむけると、自分でなにか冗談をいったあとみたいにけたけたと笑った。それから、本を口のなかに突っこもうとした。まるごと一冊。

正直いって、その行動を見ているうちに、おれはうらやましくなってきた。マイロは自分がつかみかかるもの、どすんとぶつかるものの名称を、たいていは知らなかった。それらのものに対して、どんな感情ももちあわせていなかった。ただ体験し、知りたいという強烈な衝動があるだけだった。やつにとっては、すべてが新鮮で、驚きに満ちていた。おれは自分をやつの立場においてみようとした。やつはなにを見て、なにを感じているのだろう？　マイロはいま被害者の机のひきだしから書類をひっぱりだしているところで、おれの見ているまえで、一枚一枚それを吟味していた。まるで、そこになにか驚天動地の秘密が隠されているはずだ、とでもいうように。だが、おれにはそれがちらりとしか見えなかった。いまのおれには、そのドアはほとんど閉ざされていたのだ。マックス・キャシディの家で、おれたちはおなじものにさらされ、おなじ刺激をうけていた。だが、その刺激がおれにほんとうの衝撃をあたえるためには、おれのなかにあるさまざまな防衛機制――染みついた考え方、倦《う》んでいてなげやりな世界観――をくぐり抜けなくてはならなかった。考えてみると、ここ最近のおれの人生は、ものごとを締めだすことで成り立っていた。そして、それはよくないことに思えた。ふいに、気がめいってきた。

「ア、ア！」マイロがそういって、おれを物思いからひきずりだした。なにかみつけたのだ。印刷物をくわえて、こちらにはいはいしてくる。おれはそれをやつの口からとりあげた。

「どうした、マイロ？　なにをみつけた？」

「ベイビー！」そういうと、マイロは上機嫌でおれを見あげた。

それは〈チャイルド・エイド〉という慈善団体の会報誌で、その団体名にはかすかに聞き覚えがあった。つぎつぎとキャッチフレーズが目に飛びこんでくる――〝……子供たちに最適な生活を……〟〝……無垢な子供たちを守り……〟。ページをめくっていくと、マックス・キャシディの白黒の顔写真ののった小さな記事がみつかった。地域のつながりを大切にする地元の有力なビジネスマンとして、キャシディはつい先ごろ、〈チャイルド・エイド〉の役員会の無報酬の理事になることを承諾していた。

「これは、これは」おれはつぶやいた。「キャシディは慈善団体にくわわり、その数週間後に、嫉妬したほかの基金調達者に殺された――この筋書きをどう思う、マイロ？」

「ベイビー！」マイロはいった。

おれは会報誌の表紙にふたたび目をやった。てっぺんの左隅に、マイロの注意をひきつけたものがのっていた。〈チャイルド・エイド〉のロゴマークだ。女の赤ん坊がおくるみの隙間から顔をのぞかせ、夢見るようににっこりほほ笑んでいる。マイロはたんに自分と同類の姿にひきつけられただけだった。

おれはマイロに会報誌を返すと、やつがそれで遊んでいるのを横目に、スーパーマーケットへと車を走らせた。粉ミルクが切れかけていた。

シーラ・キャシディは、町の反対端にある東オックスフォードのハースト・ストリートに住んでいた。イフリー・ロードとカウリー・ロードのあいだにある、一九三〇年代風の古くてがっしりとしたテラスハウスがたちならぶ通りだ。そのうちの一軒のドアをノックすると、シーラ・キャシディ本人が出てきた。彼女は四十五歳のすらりとした女性で、瀟洒《しょうしゃ》な身なりをしていた。ぎすぎすした顔立ち。労働とは縁のなさそうな、やわらかくて手入れのゆきとどいた手。黒くてみじかい髪にはウエーブがかかっており、自然のままの白髪がいくらかまじっていたが、シーラ・キャシディにはそれがよく似合っていた。彼女の胸はおれが抱いているマイロのちょうど目の高さにあり、マイロはそのしわひとつない白いブラウスのむこうにあるおっぱいの寸法を手ではかろうとした。その試みをおれに阻止されると、やつはがっかりした表情を浮かべた。シーラ・キャシディはよろこんで人をもてなすタイプの女性ではなかったが、おれたちが警官だとわかると、とりあえず玄関の階段から家のなかへと招きいれてくれた。なにか飲むかとたずねてきたとき、それがとおりいっぺんの儀礼的なあいさつにすぎないのがわかった。

「いえ、おかまいなく」おれはいった。「でも、せっかくですから、コーヒーを。ミルクをいれて、砂糖はなしで。マイロは、オレンジジュースを水で三倍に薄めたのが好みで、それをこぼれないカップでお願いします。お手数でなければ」

「マイロ」シーラ・キャシディが興味なさそうにマイロを見ながらいった。教養を感じさせる、てきぱきとした口調だった。「それって、赤ん坊の名前としてはどうかしら？」

「人に〝どうか〟と思わせる名前であるのは確かですね」おれはいった。シーラ・キャシディはいかにもお義理といった感じの笑みを浮かべてみせると、おれたちを居間にとおし、自分は飲み物を用意しにいった。マックス・キャシディの未亡人の趣味は、モダンで質実剛健だった。部屋は広いとはいえないが、壁に水漆喰《みずしっくい》を塗り、そこに何枚もの抽象的な版画——絵柄の下にある署名によって、それが才能ゼロの凡人や調教された猿の描いたただの落書きではないとかろうじてわかる代物——をかけることで、精いっぱい広く見せている。床には絨毯が敷かれておらず、きちんとかんながけして着色された板がむきだしになっていた。ワニスを塗って、つや消し仕上げにしてある。おそろいの濃い緑のソファと安楽椅子のあいだには、薄っぺらい布の敷物がおかれていた。組み立て式の白い本棚にならぶのは、現代作家による数冊の小説をのぞくと、ほとんどが絵や写真ばかりで中身のない大型豪華本だ。それとはべつに、音響再生装置のそばにクラシック音楽のＣＤのならぶ棚があった。

夫が亡くなったことをシーラ・キャシディに告げるのは、思っていたよりもずっとうまくいった。実際、その知らせは彼女によろこびをもたらしたらしく、はじめにぎょっとしたあとは、すこし愛想がよくなったといってもいいくらいだった。

「死んだ？」シーラ・キャシディはうきうきした口調でいった。「自然死ではなかったんでしょうね？」彼女は安楽椅子に腰かけており、おれとマイロは濃い緑のふかふかのソファを独占していた。

「小口径の拳銃で頭を撃たれました」おれは説明した。「こんなことをお伝えしなくてはならなくて、ほんとうに残念です。それに、申しわけありませんが、いずれあなたには、いくつか質問をしなくてはならないでしょう。なんでしたら、あしたまた出直してくることも……」

「いえ、けっこうよ。さっさとすませてしまったほうがいいわ」シーラ・キャシディは早口で歯切れよくいった。「わたしのほかに容疑者はいるのかしら？　午前中は、ずっとブリッジ・クラブにいました。それで容疑が晴れるかどうかは知らないけれど。それから、最近、銀行口座から巨額の金をひきだしたりはしてないから、誰かがプロの殺し屋を雇ってやらせたのだとしても、雇い主はわたしではないわね。そもそも、そういったことにはくわしくないし。もちろん、いまのを確認したいでしょうから、銀行口座にかんする情報とブリッジ・クラブの連絡先をお教えしておくわ」彼女が息をつぐあいだに、おれは手帳をとりだし、急いでメモをとりはじめた。マイロがおれからペンを奪いとろうとした。自分の観察記録を、壁か家具にでも残しておきたかったのかもしれない。シーラ・キャシディがつづけた。「結婚して十六年、最後の一年は別居してました。原因？　ちかごろのカップルによくあるように、おたがいすこしずつ気持ちが離れていっただけかもしれない。あるいは、あの人が家のなかや外でつぎつぎとはめまくっていた馬鹿な小娘たちのせいかも。あの思いやりのない浮気の数かず。それについては、あの人がこちらの感情をおもんぱかって、すこしでも隠す努力をしてくれてたら、そのうち許せてたかもしれない。まあ、どちらが原因だったのかなんて、誰にわかるかしら？　子供はいなかった。ふたりとも欲しいとは思わなかったから。そう。マックスは死んだのね」

シーラ・キャシディは居間の壁を見まわした。壁どうしがすこしちかすぎるかもしれない、とでもいうような目つきだった。その原因である狭さは、いまよりずっと広い家——彼女がかつて慣れ親しんでいたくらいの大きさの家——に引っ越すことで、もうすぐ解決されるだろう。そして、それが実現するのは、いまやマックス・キャシディ本人にとってなんの役にもたたなくなったけっこうな額の財産が突如として転がりこんでくるおかげなのだ。

「相棒が部屋を見てまわっても、かまいませんか？」おれはシーラ・キャシディにたずねた。

「なにかこわしたりするかしら？」

「ほかの警官よりひどいということはないでしょう」おれはいった。「もしかすると、連中よりマシかもしれません。こいつは高いところにあるものには手が届きませんから」

とはいうものの、マイロがなにかこわそうにも、シーラ・キャシディの居間にはこわすものなどほとんどなかった。マイロはしばらくはいはいをして手がかりをさがしてから、シーラ・キャシディの脚によじのぼろうとした。感心なことに、彼女はそれをふり払おうとはしなかった。

「その……先ほどおっしゃっていた馬鹿な小娘たちですけど……あなたのご主人が関係をもっていたという」おれはいった。「そのうちの誰かの名前を覚えていたりはしませんかね?」

シーラ・キャシディはさっと両手をあげた。

「そりゃもう、たくさんいたから! それに、おわかりいただけるでしょうけど、あまり覚えておきたいような情報ではないし。でも、ひとりいたわ。ベリンダ・コステロ。彼女が記憶に残っているのは、本人がわたしと対決するために一度うちにきたことがあるからよ。マックスが仕事で留守のときにね。あたしたちは愛しあってる、と彼女は宣言したわ。ご主人はあたしのためにあなたを捨てるだろうし、あなたにはなにもできやしない、と」シーラ・キャシディが笑った。「まるで、マックスがそれまでに誰かを愛したことがあるとでもいうような口ぶりだった。ほんと、愚かな女! ウシなみにね!」

「ウシ!」マイロはそういうと、つかんでいたシーラ・キャシディの足首をはなし、期待をこめて部屋のなかを見まわした。

「いや、ここにウシはいない、マイロ」おれはいった。「あとで見にいこうな。おまえがいい子にしてたら。ミセス・キャシディ、ご主人がそのベリンダ・コステロとどこで出会ったのか、ご存知だったりはしませんよね？　どうやったら彼女と連絡がとれるかとか？」

その晩、マイロを両親のもとへ送り届けたあとで、おれは家に帰って、こってりとした冷凍食品を電子レンジで温めた。そして、ビールを手に、お気に入りのテレビのまえにあるお気に入りの椅子に腰を落ちつけた。今夜は地上波でサッカーのチャンピオンズ・リーグの試合が中継されることになっており、おれは明かりを暗くすると、脳をリラックスさせ、ちかちかする小さな画面が魔法をかけてくれるのを待った。試合がはじまって五分後、おれは自分の頭がまだ休みなく働いていることに気がついた。事件のことが頭から離れなかった。いや、事件のことではない。捜査にかんしては、マイロとおれは順調に前進しているといってよさそうだった。そうではなくて、ひっかかっているのはマイロのことだった。

頭からどうしても消えようとしない光景があった。マイロがマックス・キャシディの家の床にすわり、乾いてしなびたオレンジの皮を両手にもっている図だ。やつの顔には、純粋な驚嘆の表情が浮かんでいた。まるで、たったいま、比類なき美しさと価値をそなえた宝石にめぐりあえた、とでもいうように。満面にたたえられたその無邪気な驚き。生きるよろこび。そう、やつは文字どおり生きていた。それに対して、ビールを手に、テレビのまえでアーセナルの試合を観《み》ているおれは……死んでいた。さいわい、ふいに心臓に走った痛みに気がつかないほど死んではいなかったが。その痛みは、いったいどこからきているのか？　喪失感？　後悔？　それとも、消化不良とか？　おれは衝動的に携帯電話に手をのばし、このところすっかりおなじみになりつつある番号を打ちこんだ。呼出音が何度か鳴ったあとで、クリステンの声が聞こえてきた。

「ねえ、今夜はだめなの」相手がおれだとわかると、彼女はいった。「ママがきてるのよ。あしたはどう？」

「きてもらいたいわけじゃないんだ」おれはいった。「ただ話がしたかった。数分でいい」

「話？」クリステンはとまどっているようだった。「なにを話すの？」

「わからない。いろんなことを。たとえば、人生の素晴らしさとか？」

沈黙がながれた。

「あんた、ほんとは誰なの？　これって、いたずら電話？　いいこと、警告しとくわ。

あたしのボーイフレンドは刑事なんだからね」

「ちがうよ、クリステン、おれだ。おれは人生について話がしたかっただけだ。人生がいかに素晴らしいものとなりうるかについて。見たりふれたりするものすべてが、それまでで最高に素晴らしい体験となりうるかについて。目をひらきさえすれば、そこには……」

「あなた、ヤクでもやってるの?」クリステンがうさんくさそうにたずねてきた。

「なにもやってない」おれはいった。「いや、なにもやってないわけじゃないな。椅子にすわってる。それに、いままで気づいてなかった椅子の肘掛けの小さなケチャップの染みをみつめてる。蝶みたいな形をした染みなんだ。さわると、べとべとする。その隣、一インチくらい離れたところには、小さなかぎ裂きがある。とんがったものが生地にひっかかってできたんだな。そのそばからは、ほつれた糸が飛びだしてる。ボタンのひとつがとれたんだろう……」

「しらふにもどったら、また電話ちょうだい」クリステンがいった。

電話が切れた。だが、椅子の肘掛けのケチャップの染みは、そのままそこにあった。

ベリンダ・コステロは一九九八年に九カ月間、オックスフォードにあるマックス・

キャシディの家具店でショールームの販売員として働いていた。シーラ・キャシディが教えてくれたのはそこまでで、そのことはミズ・コステロ本人によって確認された。おれたちはオックスフォードから北に六マイルいったところにあるブレイドンという村で、ミズ・コステロの家のこぢんまりとした居間にすわっていた。この村にはウィンストン・チャーチルの墓があり、元首相は一族のほかの連中といっしょに、丘の斜面にある教会の小さな墓地の墓石の下で眠りについていた。実際のところ、永眠するのにここ以上に快適な場所は望めなかっただろう。この村の家屋はどれも住宅団地とかプレハブ住宅が登場してくるまえに建てられたもので、曲がりくねった狭い路地に面して、地方の条例によって保護された石造りのふぞろいな家の正面がずらりとならんでいた。村全体が絵はがきのように美しかったが、それはわざとらしい美しさではなかった。ここで生まれた——もしくは、あとから移り住んできた——住民は、由緒ある村の歴史に気づいているのかもしれないが、それを売りこもうという気持ちはさらさらなく、その結果、人気が高くて商業主義に毒された文化遺産にありがちな古趣をてらったところがまったくなかったからである。

その日の朝におれたちが訪ねていったとき、ベリンダ・コステロは家にいた。本人がクリーム色とオリーブ色からなる肘掛け椅子にちょこんと腰かけて説明してくれたところによると、たちの悪い風邪にかかっているとのことだったが、おれにいわせれば、どちらかというとひどい二日酔いに悩まされているように見えた。真相がどうであれ、その青白い顔色と目の下の隈は、彼女の息をのむようなイタリア風の美しさを逆にいっそうひきたてていた。年齢は三十歳くらいか。肌はなめらかで、長い黒髪が肩のまわりで小さく波打っている。スリッパにジャージという自分のいでたちを弁解したりしなかったが、そんな必要がどこにある？　彼女なら、どんな恰好をしたってセクシーに見えるだろう。たとえ、すっぱだかでも。マックス・キャシディが彼女に興味をひかれた理由が、おれには理解できた。それ以外の誰が興味をひかれたとしても（もっとも、マイロが興味をひかれていたら、すこしませすぎだと感じていただろうが）。

「では、一九九八年の十一月にマックス・キャシディの家具店をやめたあとで、不動産関係の仕事についたんですね」おれは長椅子にすわっていた。「それはまた、どうして？」

「さらに上のキャリアをめざしたくて。おなじ収納するにしても、家具よりも家のほうがずっと大きいでしょ」ベリンダ・コステロはこのちょっとした冗談に笑みを浮かべてみせたが、目はまったくおれを見ていなかった。しゃべっているあいだじゅう、彼女の視線は、部屋のなかをはいまわっていろいろなものを突ついたり匂いを嗅いだりしているマイロに釘付けになっていた。彼女がおれのほうを見た。「じつをいうと、マックスが原因だったんです。あたしが彼とつきあっていたことは、ご存知なんでしょう？　だから訪ねてきた？」

「そうです」

「関係が終わったとき、あたしはまえに進むのがいちばんだと考えました」

「それで、その関係を終わらせたのは、どちらのほうだったんですか、ミズ・コステロ？」

「彼です」

「それはどうして？」

「理由は彼に訊いてもらわないと。あら、ごめんなさい。それは無理ね。彼は死んでるんだから」ベリンダ・コステロは不自然に小さく笑うと、ふたたびおれの相棒に注意をもどした。「この子、ほんとうに可愛いわ。マイロ。なんて素敵な名前かしら」

「ええ、みんなからそういわれてます。それでやつがいい気にならなきゃいいんですけど。ところで、マックス・キャシディと最後に会ったのはいつですか、ミズ・コステロ？」

「最後に？　たぶん、ふた月くらいまえじゃなかったかしら。オックスフォードで買い物をしてたら、ばったり出会って……」

「ボール！」長椅子の下の隙間を探索していたマイロが、なにかをみつけていた。まるめた紙といっしょにはいだしてくる。

「あら、ごめんなさい！　どうしてそんなところにはいったのかしら？」ベリンダ・コステロはすばやく椅子から立ちあがったが、おれはそれがただの紙切れでないことに気づいて、彼女よりも先にマイロの手からとりあげた。

「大丈夫、こちらで処理しますから」おれはそういうと、自分の脚の上で紙をひらき、まっすぐにのばした。

「ベイビー！」マイロがいった。

「ああ、そうだな、マイロ、そうだ」

　おれの目のまえにあるのは、マックス・キャシディの家にあったのとおなじ〈チャイルド・エイド〉の会報誌だった。表紙のてっぺんの左隅に、女の赤ん坊のロゴマークがついている。真ん中のページをひらいてみると、何者かが鋭利な器具で——おそらくは、ナイフで——マックス・キャシディの写真を十五回から二十回くらいめった刺しにしていた。彼の顔は跡形もなかった。

「あなたならどう感じる？」ベリンダ・コステロは両手を腰にあてて立ち、上からおれを見おろしていた。その柔和で美しい顔は、ふいに訪れた怒りでゆがんでいた。「マックス・キャシディはあたしを愛しているといった。でも、それはあたしが妊娠するまでだった！　彼はほとんど強制的に子供を堕《お》ろさせた。そして、その処置がすむとすぐに、あたしを捨てたのよ！　そんなことしておいて、これはいったいなに！」ベリンダ・コステロはおれの手から会報誌をひったくると、ふたたびまるめて、部屋のむこうに投げ捨てた。マイロがはいはいして、証拠のあとをおいかけた。

「ボール！」マイロの声がひびく。

ベリンダ・コステロはますます怒り狂っていた。

「子供たちに最適な生活を、ですって？　かれらを守る？　あたしにあんなことをさせておいて？　なによ、それ！　趣味の悪い冗談かなにか？　あたしは彼のために自分の子供を殺したのよ！　あんなやつ、イヌにでも食われちまえばいいんだわ！」

「イヌ！」マイロはそういうと、期待をこめて部屋のなかを見まわした。

「いや、ここにイヌはいない、マイロ」おれはいった。「あとで見にいこうな。おまえがいい子にしてたら」

おれは立ちあがった。ベリンダ・コステロの怒りは尽きており、叫び声はすすり泣きに変わっていた。おれは絨毯の上でしあわせそうに紙のボールで遊んでいるマイロを見た。もしも彼女が堕胎していなければ、生まれてきた子はちょうどやつとおなじか、もうすこし大きいくらいになっていただろう。おれは彼女の肩に腕をまわして、なぐさめてやりたかった。その気持ちも、どうしてあんなことをしたのかも、すこしだけだが理解できる、といってやりたかった。だが、そうするかわりに、おれは彼女を逮捕した。

「聞くところによると、マイロはもうキャシディ殺しの一件を解決したんだってな」ウッドストック巡査部長はトレイをおくと、おれのむかいの席にすわって、自分のフィッシュ・アンド・チップスにケチャップをたっぷりとかけはじめた。まえにもそういう光景は見たことがあるが、朝食の席でというのはめずらしかった。おれはコーヒーを飲んだ。ウッドストック巡査部長はまだしゃべっていた。「〈天真爛漫〉計画の大勝利ってわけだ。うわさじゃ、これを全国にひろめるらしいぞ。それに、ここの掃除道具部屋のひとつを、赤ん坊のおむつ交換室に改装するんだとか」

「あのちびは運がよかったのさ」おれはいった。「ときには、それがすべてってこともある。運だよ。幸運。たなぼた。まぐれあたり。ツキ。ビギナーズ・ラック。言い方は、人それぞれだ」

「おれの聞いた話とはちがうな」ウッドストック巡査部長がいった。

「ほう？　やつの口からなにか聞いたってのか？」

「そりゃ、ないが」

「だろうな」食堂は早番勤務がはじまるまえの会話でざわついていた。「でも、まあ、あのちびのやり方には、たしかに学べる点がいくつかある。おれたち全員にとってだ。まるめた会報誌を長椅子の下でみつけたのは、偶然なんかじゃなかった。やつはそれを目にすると、まっすぐ突進していった。なんのためらいもなしに。そして、〝ボール！〟と叫ぶと、そいつをつかんだんだ」

「でも、それはボールじゃなくて、会報誌だった」ウッドストック巡査部長がいった。

「似たようなもんさ。どうやらマックス・キャシディは、この〈チャイルド・エイド〉とかいう団体に参加してから、そこの会報誌を知りあい全員に送りつけてたらしい。寄付金集めのために、誰彼かまわず。ベリンダ・コステロもそれをうけとった。そして、堕胎の件があったから、かっとなったんだな。翌朝、適当な口実をもうけてやつに会いにいき、頭に銃弾をぶちこんだ。情け容赦なく」

「けど、考えてみると、キャシディは自業自得だったんじゃないかな。女をたらしこむことにかけちゃ、ほんとにヘビも顔負けだったみたいだから」

「ヘビ！」おれはそういうと、期待をこめて部屋のなかを見まわした。


おれはマイロといっしょに刑事室の窓辺にすわっていた。マイロは内側の窓枠の上でおれの手にささえられており、その小さな両手を窓ガラスにぺたりとつけて、外にある警察署の駐車場をながめていた。

「どうした、マイロ？」おれはやつの耳もとでささやいた。「なにが見える？」

「トリ！」マイロがいった。

たしかに、そこには鳥がいた。泥みたいな茶色をした、ごくありふれたムクドリだ。西の空から舞い降りてきたものの、とくになにをするでもなく、いかにも鳥らしく、あちこち飛びまわっている。やがて一瞬、構内の金網フェンスの上に降りたったかと思うと、また舞いあがり、そのまま監房棟の壁のむこうへと消えていった。おれとマイロは、いっしょになってそれを見送った。

「おれにも見えるぞ、マイロ」おれはいった。「おれにもな」

そして実際、ほんのわずかかもしれないが、おれにも見えていた。

緑
Green

最近、うちの通りの勤労監視団《ワーク・ポリス》はやけにはりきっている。いまも、かれらがそれぞれ自分の仕事に打ちこんでいるのが、正面の窓から見える。天候が関係してるのかもしれない。このところ猛暑の日がつづいていて、ミセス・ティムズはいつでも骨ばった手で日傘をくるくるまわしているし、新聞配達の少年も検針員も日差しをさけようと帽子をかぶっている。皮膚ガンは、仕事をせずにぶらぶらしているのとおなじくらい健康に良くないのだ。

そのむかし、誰かがこの通りの芝生をどこもまったくおなじにした――家がすべて、そうであるように。決まった青さで、決まった長さに刈りこむ。芝生の葉が間違って煉瓦の縁飾りやコンクリートの縁石にまではみだすことはない。なぜなら、そうやって逃れようとしたものには、剪定《せんてい》の罰が待ち受けているからだ。そのための鋭利な道具まである。刈りとった葉は緑がかった灰色のビニール袋にいれられ、だらしなさが問題とされるほかの地域をまわってくるヴァンの後部に積みこまれる。一度、雑草を見たことがある。間違いなく、雑草だった。広い葉で、ふっくらとしたつぼみをつけていて、道路の反対側の壁のかげにこっそり隠れていた。どういうわけか、全員の厳しい監視の目から逃れていたのだ。二日間、ぼくはかすかな希望のようなものを胸に、表の部屋の窓のカーテンの隙間から観察し、その徴候を待ちわびた。いまにいたるまで、それが咲くところまでいっていたのかどうか――ほんとうに黄色い花びらが緑の覆いから顔をのぞかせていたのかどうか――よくわからない。それとも、あれはたんなる光のいたずらだったのだろうか。手袋をはめた手が汚点をとりのぞこうと移植ごてでぐさりと突き刺すまえに、一瞬そう見えたのは。

この通りで、そんなふうにきちんと管理されていない芝生はひとつしかない。うちのだ。わが家の玄関ドアにつうじる小路をちかづいてくるとき、検針員が値踏みするような視線を芝生にむけているのがわかる。今週は彼の番なのだ。ぼくが家にいることを、かれらは知っている。ぼくはノックの音がするのを待つ。

「メーターの検針にきました」ぼくがドアをあけると、検針員がいう。

「どのメーターかな?」ぼくはたずねる。

「どんなのがあります?」検針員はそういって、大声で笑う。〝検針員ジョーク〟だ。

「身分を証明するものを見せてもらわないと」対決をまえにして、いつものことながら、ぼくの声はすでにか細くなりはじめている。

「身分証明書？」検針員は気に入らないようだが、それでもイギリスのサービス業界ご用達の灰色の制服の胸ポケットからラミネート加工されたカードをとりだし、こちらの目のまえにさっとかざしてから、ポケットにもどす。はじめから終わりまで、流れるような動きだ。「もう一度やってみせようか？　検針員の学校で、最初に教わるんだ。身分証明書なしでは、なかにははいれない」

家のなかにはいろうとしたところで検針員は足をとめ、ふとなにか思いついたふりをする。口もとに半分だけ笑みを浮かべ——だが、顔は笑っていない——表の低い生け垣のほうを身ぶりで示す。生け垣では、もつれたハコべや誇らしげなクロイチゴにまじって、群生するタンポポが光を求めてひしめきあっている。どこもかしこも、こんな具合だ。かつてはぎりぎりまで刈りこまれた芝生しかないがらんとした土地だったのが、いまでは雑草の植民地と化している。クローバーがはびこり、その上には放置された果樹が生い茂っている。

「じつは、知りあいにこういうのをきれいにしてくれるやつがいるんだ。安くね」検針員がウインクする。「特別な除草剤で雑草を退治してくれる。生け垣や木を剪定したり、芝生を植え直したり。新種のいい芝があって、すごく手入れが簡単なんだ。どうかな？」

この営業スマイルをぼくが嫌悪しているのを、かれらは知っている。時をきざむ時計の針の音のような、執拗なプレッシャーだ。

「金がないんだ」ぼくはいう。

「そうか」

そうか。あたかも、それですべて納得がいくとでもいうように。そうか。検針員はぼくのそばをすり抜けてぶらぶらと廊下を進んでいき、階段の下の戸棚にむかう。扉をあけてしゃがみこみ、電気メーターの数字をのぞきこむ。薄暗がりのなかで数字がまわっている。検針員がこちらを見あげる。

「それじゃ、働いてないんだ」

それに対しては、なにもいいたくない。リハーサルでは、いつも無言でとおす。だが、リハーサルのときには、ぼくは正面玄関の階段の主であり、廊下の守護者だ。さげすむような一瞥《いちべつ》をくれるだけで、勤労監視団《ワーク・ポリス》の連中は尻尾をまいて逃げだしていく。だが、闘いの真っ最中にあるいまは、歯を食いしばり、いいたいことを我慢しようとしていても、言葉が勝手に口からこぼれだしてきてしまう。この裏切りものどもめ。

「そうなんだ」ぼくはいう。「仕事がなくて」

「へえ？　そりゃまた、どうして？」検針員は自分の帳面になにやら書きこむ。検針結果を記入しているように見せかけて、じつはこちらの返答を記録しているのだ。

「どうしてかな」いまでは、口のなかでもごもごとつぶやくようなしゃべり方になっている。罪の意識で、首すじと顔が赤くなる。

「仕事なら、いくらでもあるぞ」検針員はいう。厳しいが、思いやりが感じられなくもない口調。「働く気のあるやつには」

「そうだね」そういって、ぼくは視線を床に落とす。

「たとえば、いまおれがやってるこの仕事、そう悪くないぞ。いつでも頭のいい若いやつを募集してる。すこしくらい一所懸命働くのを厭《いと》わないやつを。給料も、けっこういい。あんたのところ、最近、電気料金がかなりかさんでるけど、その支払いの助けになるかもしれない」

「それくらいの金はあるんだ」ぼくはいう。「貯金が」

「そいつはよかった」検針員がうなずく。「明かりはいつでもつくようにしておかないとな」

かれらは〝明かり〟のことを知っているのだろうか？　だとすると、こちらはもてあそばれていることになる。いつも以上に。

かれらは夜のあいだにやってくる。こちらが寝ているあいだに。そして、庭に生えているタンポポのつぼみを刈りとっていく。アカザとアザミのつぼみも、おなじようにそっと刈りとる。オオバコのつぼみもだ。現場を押さえたことは一度もないが、かれらがきているのは間違いない。なぜなら、朝起きてみると、つぼみがなくなっているからだ。そして、またしても奇襲をうけ、一部を切除された雑草は、あいかわらず緑一色のままだ。

かれらは決して雑草そのものを持ち去りはしない。その再生手段を奪うだけだ。もしかすると、これを〝治療〟と考えているのかもしれない。かれらから見れば、ぼくは酒場の店主をつとめるアル中みたいなものだ。堕落のもとに囲まれて暮らしている。それにさらされることで、逆にぼくが酒と縁を切るようになる、と踏んでいるのだろう。

あるいは、ただたんに雑草を罰しているだけなのかも。

つぎの週は、ミセス・ティムズの番だ。彼女がこつこつと足音をたてて小さく舌打ちしながら小路をちかづいてくるのが、窓から見える。一歩進むたびに憤慨しているような感じだ。あちこちで足をとめ、コンクリートの狭い割れ目から生えている雑草にむかって、いらだたしげに顔をしかめてみせている。きょうも暑くてじめじめしているが、上空には灰色の雲がどんよりと低くたれこめているので、ミセス・ティムズは日傘をさす必要がない。かわりに細いステッキを手にしており、とおりすがりにそれで雑草をはたいていく。まるで、相手は昆虫で、彼女の号令一下、さっといなくなるとでもいうように。

こちらが出ていくまで、彼女は呼び鈴をしつこく鳴らしつづける。

ミセス・ティムズは、ぼくの母とはちっとも似ていない。年齢は母とおなじくらいだろうが、顔のしわがすべて内側の一点にむかっているように見える。彼女がいだいている確信と、ぼくが理解していない常識という一点にむかっているように。きつく束ねて巻いてある白髪。足首丈の古めかしい淡い黄色のドレスは、肩がふくらんでいて、ウエストが蝶形リボンで締めつけられている。彼女はその灰色の目で、こちらをじろじろと見る。

「こんな時間に、まだパジャマなの、あなた《ヤング・マン》？」まるで、ぼくの名前を知らないかのような呼び方だ。「気分が良くないとか？」

午前中ずっといた屋根裏からおりてきたばかりなので、ぼくの顔は汗だくだ。

「熱があるのね！」彼女がひたいに手をのばしてくるが、ぼくはぎくりと身体をひいて、その手をかわす。

「なんでもありません」ぼくはいう。

「暑いのなら、窓をあけなさい。とくに、きょうみたいな日には！」

屋根裏には窓がひとつあるが、内側から鍵をかけてある。そして、誰にものぞきこまれないように黒く塗ってある。夜、明かりが外にもれないように。

白いヴァンがむかいの家のまえにとまる。芝刈り業者だ。緑の制服を着たふたりの男がヴァンから降りてくる。後部扉をあけ、ひとりが芝刈り機を、もうひとりが小型の電動草刈り機をとりだす。男たちがブーンという音とともに芝の上を往復しはじめ、端までいくたびにむきをかえるのを、ミセス・ティムズとぼくはいっしょになってながめる。まるで、かれら自身も機械の一部であるかのような正確でむらのない動きだ。

ミセス・ティムズが、いかにも悲しげなふりをしてかぶりをふる。

「ここも、まえはあんなふうに素敵な庭だったのに。あなたのお母さまが生きてらしたころは。なのに、いまのこのざまときたら！」怒って、杖をぼくに突きつける。

「ちょっと働けばいいだけなのに。ちょっとよ！それが、そんなに大変なことかしら？」

　彼女はかれらのなかでいちばん手ごわくない相手だが、それでもなにか答えなくてはいけない気分になる。

「いいえ」

「それじゃ、どうしてそうしないの？」腹にすえかねているような口調。

「わかりません」

「わからない。わからない。わからない。ほんとうにもう、あなたにはお手上げだわ」いつものようにため息をついてから、ふいにこちらにむきなおる。こちらが制止するまえに、彼女は汗と屋根裏の埃でくしゃくしゃになったぼくの髪の毛を指ですく。

「いったい、なにをしてたの？」

　彼女は巧妙に、こちらの隙をついてきた。不意打ちをくらって、ぼくは彼女にすべてをしゃべりそうになる。そのとき、新聞配達の少年が歩道をちかづいてくるのが目にはいる。野球帽をかぶり、ぶかぶかのシャツに膝丈の半ズボンという恰好だ。ミセス・ティムズが少年にむかってうなり声をあげる。彼がすべてをぶちこわしにしたのが、わかっているからだ。もうすこしでぼくが口を割りそうだったのに、彼が注意をそらしてしまった。だが、新聞配達の少年はかれらのなかの最年少で、気にしていない。戸口にいるぼくたちの姿に気づいて、ぱっと立ちどまる。

「やーい、いかれ野郎、仕事につかないいかれ野郎！　やーい、老いぼれミセス・ティムズ、馬鹿で間抜けなクソばばあ！」

芝刈り業者が作業の手をとめ、通りを駆けだしていく新聞配達の少年をみつめる。はやし文句をくり返しながら走る少年のあとを、新聞をのせた台車ががたがたとおいかけていく。通りのむかいで、カーテンがちらりと動く。近所の人がこっそり騒ぎを観察しているのだ。ミセス・ティムズは遠ざかっていく新聞配達の少年の背中にむかって杖をふりまわす。

「あとで話がありますからね、この悪ガキが！」彼女は怒鳴り、そのせいで声が割れる。ふたたびこちらをむき、弱々しく笑みを浮かべてみせる。きょうは運がこちらに味方した。だが、彼女はまたもどってくるだろう。

「それじゃ、あなたの様子を確かめにきただけだから」

翌日、かれらは新顔をよこす。そして、彼女は家のなかにまではいりこむ。どういうわけか、ぼくにはそれを阻止できない。

キッチンでいつものように肥料の混合をしているときに、呼び鈴が鳴る。すでに計量した分をこぼさないように気をつけながら、ぼくは戸棚に容器をもどして隠す。玄関ドアをあけると、彼女が階段のところで待ちながら、海でもながめるような感じで、ご近所のなだらかできちんとした芝生を見渡している。ブロンドの長い髪をうしろで結わえてあるが、それが自由になりたがっているのがわかる。着古したブルーのジーンズに、締まった小ぶりの胸の形がわかる白いTシャツ。手にはクリップボードがある。彼女はさっとふり返り、その茶色い瞳でこちらの目をみつめる。

「どうも」彼女が笑みを浮かべていう。「素敵なところね、でしょ？　この静けさといい、落ちつきといい。すごくゆったりとして、清潔で、ほっとさせられるわ」

「どうかな」ぼくはいう。うちの雑草のことは口にされないが、それで彼女がどう考えているのかがわかる。まわりの家の芝生が汚《けが》れのない青い大海原だとするならば、うちの庭はさしずめ悪臭を放つ汚染された港といったところだ。

「ごめんなさい」彼女がいう。「自己紹介がまだだったわね。あたし、緑の党《グリーン・パーティ》への寄付を募ってるの」緑《グリーン》。彼女が左胸の名札を指さす。そこには、彼女のきょうの名前が書かれている。フェリシティ・リンデン。

「どんな活動をしてるのかな？」勤労監視団《ワーク・ポリス》が彼女に用意した話を聞きたい。と同時に、なぜだかよくわからないが、自分がただ彼女のしゃべる声を聞きたいと思っていることにも気づく。彼女はまず顔をしかめてから、ひょいと肩をすくめてみせる。

「あたしたちは環境保護団体よ。知ってるでしょ？　森林を救いたいと思ってるの」

　森林？　うちと近所の庭を見まわしてから、ぼくはさらにその先へと視線をやる。屋根どうしがかさなりあうようにしながら、なだらかに上へとつらなっている。まるで、それぞれの屋根が周囲数マイルを覆う巨大な屋根の瓦の一枚といった感じだ。わが家の垣根の内側にある数本のずんぐりしたリンゴの木と生長を妨げられてちぢこまっているライラックの木をのぞくと、見渡すかぎり、この通りに木は一本もない。

「それには、すこし手遅れなんじゃないかな？」

「あら、そうじゃなくて」彼女がいう。「ブラジルの熱帯雨林は……」

「そうか。つまり、べつの場所の森林ってことね」

「ブラジルの熱帯雨林は、一秒につきサッカーのグラウンドひとつの割合で伐採されてるの。あたしたちの手で、それをとめられるわ」

「どうやって？　サッカーを禁止して？」

　彼女が笑う。こちらも思わず、ほほ笑み返す。

「発展途上国の債務を一部帳消しにするよう、あたしたちは政府に働きかけることができるわ」

「具体的には、いくら集めているのかな?」

彼女がクリップボードをみせてくれる。用紙の左側の欄にはご近所や知らない人の名前がならび、それぞれの署名と住所が記入されている。その右側の欄は、金額だ。下は五十ペンスから、ほかは十ポンドとか、それ以上。いちばん下に、ぽつんとぼくの名前と住所がある。その隣の金額欄は、まだ空白だ。

これが罠であることは明白だが、きょうのぼくは玄関ドアをさらに大きくあけ、わきへどく。

「さあ、どうぞ」ぼくはいう。

緑の党の女性は居間に腰かけ、グラスの水を飲んでいる。警戒した様子で椅子の端にちょこんとすわり、膝の上にクリップボードをのせて、部屋のあちこちに視線を走らせている。手がかりをさがしているのだ。そのむかいの椅子にすわっていると、体内の圧力が高まっていくのがわかる。何年にもわたって警戒し、玄関の階段を守り抜いたあげくに、結局はただドアをあけ、かれらをなかにいれてしまった。

「この家、古くて広くて素敵ね」彼女がいう。

かれらは、これまでじつに巧妙だった。そのさり気ない尋問には、こちらも慣れている。質問やほのめかしにどう対処すればいいのか、わかっている。だが、この緑の党の女性は、こちらのことをなにも訊いてこない。ただすわって、炉棚の上の古い写真や埃に埋もれて久しいくたびれた家具を見まわすだけだ。

「両親が住んでたんだ」ぼくはいう。

「あたしの父は金融関係の仕事についてるの。娘にもっとふつうのことをさせたがってるわ。でも、あたしはこの仕事が好き」クリップボードを軽く叩く。「いろんなところにでかけて、興味深い人たちと出会えるもの」

まだ質問してこない。質問や恩着せがましい態度や見せかけの心配といった攻撃なしに、こちらはどうやって自分の身を守れるというのか？　なにがきてもこちらのほうがうわ手だと自負していたものの、どうやらかれらはぼくから秘密をひきだす方法をみつけたようだ。それが胃の奥から喉をつたって口のなかへとのぼってくるのを感じる。唇のすぐうしろで待ちかまえているのがわかる。舌の上にどっしりと居すわっているのが。

「それじゃ……」彼女は居心地の悪そうなふりをしていう。

「いや、まだだめだ」ぼくはいう。彼女が立ちあがる。

「寄付をありがとう。それと、お水も。でも、ほんとうに、もういかなくちゃ……」

「待って！　見せるものがあるんだ！」秘密の存在を認める言葉が口から飛びだすと同時に、ぼくはさっと立ちあがって、大またでドアへとむかう。事ここに至っても、緑の党の女性がなにかのそぶりをみせれば、ぼくは思いとどまっていたかもしれない。だが、彼女はよく指導されており、ぐっとこらえる。なんのことかわからないというふりをして、こちらをみつめる。ぼくは廊下に駆けだし、三段抜かしで階段をあがっていく。最初の踊り場で屋根裏へつづく梯子に手をのばし、それから跳ね上げ戸をめざして梯子をのぼる。下の階段から足音が聞こえてくる。

すぐそばに立っているので、明るいハロゲン・ランプの熱が感じられる。その強烈な光のおかげで、部屋のなかは昼間のようだ。隅ずみまで、はっきりと見える。緑の党の女性が跳ね上げ戸の出入り口から顔をのぞかせ、ぼくは自分がとり返しのつかないことをしてしまったのを悟る。かれらはなかにはいった。ばれたのだ。もうおしまいだ。夜にやるつもりだったが、いまやるしかないだろう。

低いテーブルのあいだを急ぎ足で進んでいく。屋根裏を埋めつくす何列ものテーブルの上では、ドリップ灌漑《かんがい》方式で水と液体肥料をあたえられたタンポポがそれぞれの区画ですくすくと育っている。緑の絨毯《じゅうたん》に点在する鮮やかな黄色。全部で六、七百株はあるだろう。つぼみをつけているものもあれば、すでに花を咲かせて種になりかけているものもある。

「まあ、なんて素敵なのかしら！」緑の党の女性が屋根裏にはいってくるのと同時に、ぼくは窓のそばに空気をふくませておいておいた袋に手をのばす。「ちょっと待って。これは雑草じゃない！　どういうこと？　ここでなにをしてるの？」

こうなったからには、つべこべいってもしかたがない。窓をさっとあけ、重たい粗布の袋をつぎつぎと傾斜した赤いタイルの屋根に押しだす。そのあとから自分も日差しのなかにはいだし、バランスをとると、片手で窓枠をつかみ、反対の手で袋の口をしばってある紐をほどく。地面からはそうとうな高さがあり、強い風が背中をとおって下の庭へと吹き抜けていく。

道路の反対側では、検針員が家の戸口に立ち、ご近所とおしゃべりをし、冗談をかわしているところだ。そのすぐそばで、制服姿の芝刈り業者がつむじ曲がりの芝を厳しく取り締まっている。ミセス・ティムズが杖をまえにだして地面をかちかちと軽くこすりながら歩道を進んでいくのが見える。そして道路の先のほうでは、新聞配達の少年が印刷された紙をのせた荷車をひっぱっている。全員が動きをとめ、見あげる。その顔は、驚愕で凍りついている。だが、もう手遅れだ。かれらには、なにもできやしない。

うしろの屋根裏のなかで、緑の党の女性の泣き笑いのような声がする。

「こんなの、どうかしてる！」

いまや秘密は暗闇から解き放たれ、生に満ちた空気のなかでふたたび命をとりもどす。まずひとつめの袋を風にむけて空っぽにし、つづいてもうひとつもそうする。ついに縛《いまし》めを解かれたタンポポの種はゆっくりと手足をのばすと、すこしずつ風にのってただよっていく。無数のタンポポの種が、まるでしめやかな白い雨のように緑の大海原へと降りそそぐ。

エディプス・コンプレックスの変種
The Oedipus Variation

「チェスの実力をあげたいと思うのなら、自分の父親を殺すしかありません」コリンズ博士は両肘をマホガニーの机について指先をあわせ、それを――いらいらさせられることに――ぶつけあっていた。眼鏡の奥のアーモンド形の目は無表情だったが、顔には笑みが浮かんでおり、こちらは当然のことながら、彼が冗談をいっているのだと思った。だが、コリンズ博士はこうつづけた。「もちろん、いまのは比喩ですが。チェスの一流プレーヤーは、みんなそうしています」

「え？　比喩？」なにをいいたいんだ？

広くて薄暗いオフィスだった。コリンズ博士は窓を背にしてすわっており、半分閉じられたベネチアン・ブラインドの桟が濃い緑の絨毯《じゅうたん》に格子《こうし》縞《じま》のかげを落としていた。ぼくは作りつけの大きな本棚のそばにすわっていた。椅子は黄褐色のビニール製で、すわると深くしずみこんだ。

コリンズ博士は四十代の後半で、オリーブ色の肌をしていた。ウエーブのかかった漆黒の髪はきれいになでつけられており、ちらほらと白髪がまじりはじめているのがわかる。角張った顔で、かちっとした顎の上に力強い鼻と高い頬骨がならんでいた。締まった体型を維持しており、服装はだぶっとしたベージュのスーツにカフスボタンをした白いシャツというものだった。ひげはきれいに剃ってあった。

姿形はまったく似ていないにもかかわらず、ぼくはなんとなく以前かかっていた精神科医を思いだしていた。こちらを見る目つきのせいかもしれない。ヒリアー博士も、まるで瓶のなかの標本でも見るような目つきでぼくを見ていた……。

おっと、なんでこんなことを考えているのだろう？　そもそも、コリンズ博士の〝博士〟は〝医学博士〟ではない。〝博士号〟――一流大学を出たという優越感とともに人がくどくどとしゃべりたがる代物――をもっているというだけのことだ。それに、ぼくは治療のためにここにきているわけではなく、彼にチェスのあたらしい個人教授になってもらおうとしているのだ。それなのに、この父親殺しうんぬんというのは、いったいなんなのか？

「いいかな、時間を無駄にはしたくないんだ」ぼくはいった。「あなたはぼくのチェスの実力測定値《レーティング》をあげられるといった。保証した」

われわれチェス愛好家のあいだには、チェスの実力を比較するシステムが存在している。アルパド・エムリック・イロというハンガリー生まれの物理学者が考案したシステムで、一九七〇年にイロ・レーティングと命名された。電話でコリンズ博士に説明したとおり、ぼくの現在のレートはだいたい二千百点くらいで、これはアマチュアとしてはなかなかのものだが、プロや超一流の選手には歯が立たないことを意味する。ちかごろでは世界チャンピオンともなると、二千八百点くらいを記録していた。

「もちろん、その言葉に嘘はありません」コリンズ博士はよどみなくいった。「これらの本には、もうすっかり目をとおされたんでしょうね？」

そういって、机の上の家族の写真と殻つきピーナッツのはいった鉢の隣に積みあげられた本を手で示してみせる。背表紙がこちらをむいていた。どれもチェスの本で、なかには名著もふくまれていた。フィッシャーの自戦集『魂の60局』。コトフの『グランドマスターのように考えよう』。ニムゾヴィッチの『マイ・システム』と『チェス練習問題集』。

「もちろん、どれもよく知ってるさ。誰だって、そうじゃないのかな？」

「これまでについた先生たちから薦められたんですね？　それといっしょに、その先生自身が著した教則本も読まされたのでは？　『チェスの達人への楽勝法』とか『チエスの謎を解く』といったタイトルの本を」

「まあ、たしかに。けど……」

「それじゃ、聞かせてください。そういった個人教授の指導のもとで、あなたのレートはどれくらい上昇しましたか?」

「はっきりいって、上昇しなかった。けど……」

「忘れてしまいなさい。なにもかも」そういって、コリンズ博士はテーブルからいっきに本を払いのけた。計画された誇示行動とはいえ、それでもぼくはぎくりとした。本がばさばさと床に落ちる。コリンズ博士は自分のこめかみを人差し指で軽く叩いた。「すべては、ここにあります。もちろん、これらの本はある程度のところまでは助けになってくれるでしょう」手のひとふりで、それらをかたづける。「だが、チェスの一流プレーヤーには、全員あるひとつの共通点があります。王《キング》を殺したいという根本的な衝動。王手詰み《チエック・メイト》です。しかも、それを何度もくり返しやらずにはいられない」「わたしには、その衝動をあまえに身をのりだし、営業スマイルを浮かべてみせる。「わたしには、その衝動をあなたにさずけることができます」

「ほんとに?」

「ええ。そうしてみせます。クラムノフをごらんなさい」

「ヴァシリー・クラムノフのことかな？」現在の世界チャンピオンで、輝かしい歴史を誇るロシアのチェス界のいまのトップだ。

「彼は自分の父親を憎んでいます」コリンズ博士がいった。「子供のころから、ずっと。そして、それを公言してはばからない。実際、誇りにしているくらいです」

「知らなかった」

「秘密でもなんでもありません」コリンズ博士が肩をすくめていった。「あらたなイギリスの神童、サイモン・グリーヴズのことは？」〝あらたなイギリスの神童〟は、しょっちゅう登場していた。「彼は自分の父親に我慢できずにいる。それで父親はいつも苦労していますが、なかなかできた男で、じっと耐え忍んでいます。まあ、なんといっても、わが子がいつの日か世界チャンピオンになるかもしれないんですから。それから、アイスランド出身のスウェンソンがいる。彼はまだ小児用ベッドにいたころに、父親を刺し殺そうとした。アメリカ人のアル・コープランドはどうです？　ある晩、食卓で高熱の油を父親の首から注ぎこんだ。そして、スラヴ人のベルスキー。数年前、父親を殺害した。殺鼠剤《さっそざい》で」

「覚えてる」ぼくはいった。「たしか、いま刑務所じゃ？」

「懲役二十年です。いまでは、通信チェスで最強のプレーヤーになっています」コリンズ博士は鉛筆を手にとると、それをメモ用紙のほうへもっていった。「それでは、聞かせてください、クリス。あなたはどれくらい切実にチェスで強くなりたいと願っているのですか？」

「それを一生の仕事にしたい」

「でも、その理由は？　どうしてチェスに惹かれるんです？」

「さあ、どうしてかな。ぼくは馬鹿じゃないし、むかしから頭の回転がはやかった。なんとなく興味をそそられるんだ」

「それでは、プレーしたいという強い衝動を感じたことは一度もない？　抑えがたい欲求を感じたことは？」

「ああ、べつに」ぼくはいった。「ただ、なんとなく好きなだけで」

「兄弟とか姉妹は？」

「いない」

「結婚は？　独身ですか？」

「独身だ。それがなんだっていうんだ？」

「それでは、ご自身の父親との関係を聞かせてもらえますか？」

「すごくうまくいってる」ぼくはいった。「ときどき議論はするけど、そんな深刻なものじゃない。ほら、よくあるでしょう。こちらが成長するにしたがって、父親ってだけじゃなくて、友だちみたいに思えてくる」

　ここで、コリンズ博士の指先がこちらにむけられた。

「だから、なかなか上達しないんです！　チェスで強くなりたいというあなたの欲求は、純粋に知的なものだ。腹の底から感じてはいない。強い衝動に欠けているのです。このままでは、いくら学んだところで、あなたのレートは決して二千二百点を超えないでしょう。ときどき父親と口喧嘩するくらいではだめです。二千四百点に到達するためには、すくなくとも大きな仲たがいをする必要がある。グランドマスターになりたいと思ったら、根深い亀裂をこしらえないと。もちろん、修復不能な亀裂です」

「その上のスーパー・グランドマスターをめざすとなると、どうかな？」ぼくはたずねた。「二千七百点以上。じつをいうと、そこを狙ってるんだけど」

　コリンズ博士がいたましそうにかぶりをふってみせた。

「どうでしょうか、クリス。そこまでいくと、〝憎悪〟が必要になります」

「それなら大丈夫」ぼくはいった。「憎むのは得意だ」

「もちろん、人は誰でも憎むことができます。けれども、病的なほど憎めますか？」

「約束はできないな」ぼくはいった。「でも、やってみなくちゃわからない、だろ？」

「その意気です！」コリンズ博士はメモ用紙になにやら書きつけていた。「まずいくつか課題をだしておきますから、これからひと月ほど、それを実行してみてください。それらを習得したと感じたら、チェスの大会に出場して、いつもの試合よりも上達しているかどうかを確かめるんです。そのあとで、またきていただいて、どんな具合になっているのかを見てみましょう。いいですね？」

その晩、ぼくは親父に電話をかけた。三年前にお袋が亡くなって以来、おたがい連絡を欠かさないようにしていたのだ。ふだんから、すくなくとも週に二回はしゃべっていた。

「父さん？」親父が電話にでると、ぼくはいった。「父さんに、いいたいことがあるんだ」

「いいたいこと？」親父がいった。親父につっかかるなんて、ぼくらしくない行動だった。

「ああ、そうさ。ぼくが貸したあの本、覚えてるだろ？　有機野菜の育て方にかんする本？　まだ返してもらってない」

「ああ、そいつはすまなかった」困惑した口調だった。「いってくれればよかったのに。そうだ、火曜日にもっていくよ」

火曜日は、ふたりでチェスをする日だった。そもそも、このゲームを教えてくれたのは親父なのだ。かつてはなかなかの名手で、五十歳ちかいいまでも、ぼくといい勝負をくりひろげることができた。

「そういう問題じゃないんだ、父さん。あの本は、ぼくのものだ。必要なわけじゃない。ただ、ここに欲しいんだ。いいかい？」

「わかった」一瞬、沈黙がながれた。それから、「それで、火曜日はまだ予定どおりなんだな」

親父が火曜日のゲームをひどく楽しみにしているのを、ぼくは知っていた。

「今週は無理だ」ぼくはいった。「忙しいから」

受話器をおいたとき、ぼくは強烈な罪の意識を感じた。卑劣なクソ野郎になった気がした。だが、すべては正当な理由があってのことだった。それから数週間、ぼくの卑劣なクソ野郎ぶりは、コリンズ博士にあたえられた課題をこなしていくのにあわせてエスカレートしていった。親父に待ちぼうけを食わせ、みんなのまえで恥をかかせ、かかってきた電話にかけ直さなかった。あるときなど、それまでの思いやりのない行動をあやまるためと称してアーサー・ミラーの《セールスマンの死》の切符を二枚用意し、芝居のあいだじゅう、主人公のウィリー・ローマンのことをげらげらと笑いつづけた。親父はいたたまれなくなって、途中で席を立った。

大ロンドン・オープンが開催されるころには、ぼくの気分は最低のところまで落ちこんでいた。一方、チェスのほうでは生涯で最高のプレーをして、このメジャーな大会でぶっちぎりの二位にはいった。六勝〇敗四分けで、レートは二千二百九十五点。大会のためにまったく練習していなかったにもかかわらず、チェス盤をまえにして、ぼくはこれまで一度も体験したことのない明確なビジョンと深い理解を得ることに成功していた。

ぼくはコリンズ博士に連絡して、つぎの週の予約をとった。

「あなたにも見せたかった！」勢いよく腕をふりまわしながら、ぼくはオフィスのなかを大またでいったりきたりしていた。「連中を虫けらみたいに叩きつぶしてやった！　最高の気分だった。負けを悟ったときに、相手が椅子のなかで身悶えしながら浮かべるあの表情！　あれほど巧みに、かつ無慈悲にプレーしたことは、これまでなかった！　それに……あれほど圧倒したことも！」

「まさに、そのためにわれわれはこうしてここにいるのです」コリンズ博士が机の奥からいった。このまえ本が積んであった机の右の角には大きな木のまな板がおかれており、その上にスイカと肉切り大庖丁がならんでいた。「実力アップのために。あなたは、大変のみこみがはやい。それでは、課題をすべてこなしたんですね？」

「ああ、こなした」

「そちらの感想は？」

「あまり気分は良くないな。お袋が亡くなってから、親父はひとりなんだ。残された家族は、ぼくしかいない。年老いたみじめな負け犬よばわりされたときの親父の顔を見せたかったよ。もうすこしで、あやまりそうになった」

「悪いと感じるのは、かまいません」コリンズ博士がなだめるようにいった。「あなたはいま困難な時期をすごしている。生まれ変わる途上にあるのです。その先に待ち受けているものを忘れさえしなければ、のりきれるでしょう」コリンズ博士の話には説得力があった。「あなたは基本的にはいい人です、クリス。あなたとお父さんのあいだがうまくいっていないのは、あなたのせいではない」

「ほんとに？」ぼくはいった。

「まあ、もちろん、あなたのせいではありますが、心理学的な見地からいえば、ちがいます。理論上、すべては両親の責任なのです」鉛筆の先でスイカを軽く叩いてみせる。「これが見えますね？」

「なにかと思ってたんだ。昼食とか？」

「実際には、このスイカは父と息子の健全な関係をあらわしています」コリンズ博士は大庖丁を手にとると、慣れた手つきですぱっとスイカをまっぷたつに切った。それぞれの片割れがゆっくりとまわり、果汁がまな板に滴り落ちる。コリンズ博士は片方をとりあげると、それをバスケットボールのように手のなかで前後にまわしてみせた。

「これが、あなたの目標です」

「スイカの片割れになることが？」

「見事なチェスを指せるスイカの片割れになることです！　あなたは順調なスタートを切りましたが、まだ先は長い。罪の意識をいだくようになったところで、そろそろ〝怒り〟にとりかかることにしましょう」コリンズ博士がもう片方のスイカから薄片を切りとった。「ひと切れ、どうです？」


怒りをぶつけることにかけては、ぼくは名人級であることが判明した。そして、親父は数日後の晩に電話してきたときに、身をもってそのことを思い知らされた。

「やあ、クリス！」親父はなるべく明るい声をだそうとしていた。「また火曜日の夜をすっぽかしたな」

「だから？」

「まえもって知らせてくれてもよかったんじゃないか、ってだけさ。一時間待ってから電話をかけてみたが、おまえはつかまらなかった。心配したんだぞ。おまえの身になにかあったんじゃないかと思って」

「忙しかったんだ。これから、すごく忙しくなる。プロのチェス選手になると決めたから」

みじかい間があった。

「役所の仕事はどうするんだ？」

「馬鹿な考えだって思われるのは、わかってたよ」

「そんなことないさ。考えとしては、素晴らしい。ただ……おまえにそれだけの実力があるのかな？　いまは情け容赦のない若い連中がごろごろいる。自分でそういってたじゃないか。おまえは二十七歳だ、クリス。十七歳じゃない。その年でチェスが飛躍的に上達することは、めったにない」

「けど、そういうことはある」ぼくはいった。

「ああ、可能性はなくはない。だが……」

「あたらしい先生についたんだ。コリンズ博士っていう」

「これまでにも、大勢あたらしい先生についてきた」

「今回のは、ちがう」

「おまえ、大丈夫なのか？」心配が伝わってきた。お袋が亡くなったころ以降で、親父がこんな口調で話しかけてきたことはなかった。その必要がなかったからだ。

「ああ、大丈夫さ。どうして？」

「ただ、このところ、いつものおまえらしくない気がして。ヒリアー博士のときのことを覚えているだろ」

「ヒリアー博士？　彼がいったいなんの関係があるっていうんだ？」

「そう攻撃的にならなくてもいいだろう。わたしはただ……」

「もしかすると、攻撃的になるのはいいことかもしれない。そう考えてみたことは？このあいだ、大ロンドン・オープンで二位になった」そして、さらにこうつけくわえた。「父さんには、なにもしてもらってないけど」

「すごいじゃないか。もちろん、おまえの勝利にわたしがなにかで寄与したというつもりはまったくないよ」

「そして、まさにそれが問題なんだ」ぼくはつづけた。最高の展開になりつつあった。

「父さんはぼくを見限ってた、だろ?」

「クリス、わたしにもっとかかわって欲しいのであれば、そういってくれるだけでいいんだ」

「そうやって、ぼくのすることになんでも鼻を突っこんで、台無しにしようってのか? 冗談じゃない」

「おまえの邪魔はしないから、好きなようにすればいい」

「つまり、見捨てようっていうんだ」

「いつだって、おまえの力になる。そのことは、まえからわかっているだろう」

「ああ。そうやって、ぼくに一度も自分の人生を歩ませてくれなかった」きつい一発。

こんなことをいうのはつらかったが――もちろん、こんなことを聞かされる親父ほどではないが――もうすぐ大きな大会がひかえており、ぼくはなんとしてもいい成績をおさめるつもりだった。受話器をがちゃんと叩きつけて電話を切ろうとしたとき、親父がふたたび口をひらいた。それまでとはちがって、しんみりとした口調だった。

「母さんが亡くなったとき、おまえが大変な思いをしたことはわかっている」という。

「そして、それについて、きちんと話しあってこなかったことも。おそらく、わたしが悪いんだろう。だが、クリス、彼女はわたしの妻だったんだ。二十八年間、つれそった相手だ」親父が涙をこらえているのがわかったが、それでも親父はぼくらのあいだにできたこのあたらしい溝を埋めようと先をつづけた。「そのことについて話すのは、いまでもまだかなりつらい。この先も、ずっとそうだろう。そして、そのことをすまなく思っている。もしもわたしがおまえの気にさわるようなことをなにかしたのなら、そういってくれ。おまえまで失いたくはないんだ、クリス」

「いつだって、自分のことばかりだ。そうだろ、父さん？」そういって、ぼくは電話を切った。

「信じられない！　嘘みたいだ！」ぼくは速記符号みたいに早口でまくしたてた。

「うまくいったんですね、クリス？」コリンズ博士が椅子にすわったまま控えめにいった。

「ブリストル・オープンで七位！」ぼくが足音高くオフィスを歩きまわるのにあわせて、床板がふるえた。「国際マスターをふたり完膚なきまでに叩きのめして、レートは二千四百三十五点！　まあ、ひとつ負けたけど、それがまた悔しくて！　負けるのには耐えられない。そんなのは負け犬にまかせておけばいい！」

「すこし落ちついてください、クリス」コリンズ博士がいった。「頼みますから」

「落ちつく！　ああ、そうだな！　落ちつかないと！」そのとき、ぼくは花に気づいた。カットグラスの花瓶に新鮮な黄色いヒナギクが活けてあり、それが本やスイカのあった机の上におかれていた。ぼくは花瓶をもちあげると、両手で乱暴に逆さまにした。水がばしゃりと床にこぼれた。「それで、これはなにをあらわしてるのかな？」

「なにも」

「ほんとに？」ぼくの声は割れていた。「水につけられた花の茎は膣《ヴァギナ》に突っこまれたペニスじゃないっていうのか？　ぼくの親父とお袋がどこかにとめた車の後部座席でサルみたいにあえぎながらやりまくってるところじゃないって？」ぼくは花瓶を壁に投げつけた。驚いたことに、それは砕け散りはしなかった。跳ね返ってきただけだった。壁にあたって一度、絨毯の上で二度。水とヒナギクがそこいらじゅうに散らばる。コリンズ博士はちょうどそれが届く範囲内にいた。ポケットからハンカチをとりだして、顔と上着を拭く。

「実際のところ、それは家内がきのう買ってきてくれたものです」

「え？」

「オフィスがすこし明るくなるのではないかと考えて」

「ああ。すみません。ええと、きれいな花だった」

「どうも。それで、クリス、お父さんのほうはどうです？」コリンズ博士がたずねた。

「父ですか？」ぼくは腰をおろした。「ぼくはひどいことをいくつかした」

「ひどいこと？」コリンズ博士がくり返す。

「とんでもないことを」

「それで、あなたの気分は？」

「良くない」

「まあ、それがふつうです」コリンズ博士がいった。「実際、それはあなたが上達するうえで必要不可欠な段階です。忘れないでください。あなたがなにを感じようと、最終的にどんなことをしようと、それらはすべて、あなたが偉大なるチェスのプレヤーになるためなのだと」ひどく癇《かん》にさわる男であるにもかかわらず、その声はやさしさにあふれており、批判するようなところはまったくなかった。「そろそろ、〝憎しみ〟にとりかかる準備ができたようですね」

その方面では初心者なので練習が必要だったが、ロンドンで開催されるマイクロテル国際チェス大会がまぢかにせまっており、ぼくははじめから全開でいくことにした。怒りをでっちあげて親父にあたったことで、ぼくはすでに罪の意識をたっぷり感じていた。そこで、それによって溜まりつつあった自己嫌悪を活用することができた。その感情を、じょじょに自分ではなく親父にむけるようにしていったのだ。つまり、ぼくが親父に対していだくようになった感情を、親父自身のせいにするというわけだ。そりゃ、もちろん、なにもかも親父が悪いに決まっていた。そうでなければ、そもそもぼくが親父に怒りを感じることなどなかったはずではないか？　そして、すべてが親父のせいであるならば、ぼくにはまったく責任がない。それなのに、いったい親父はどんな権利があって、ぼくにこんなひどい気分を味わわせているのか？　これは、父親はいわずもがな、誰を憎むときにもつかえる論法だった。

　土曜日の朝、マイクロテル国際チェス大会の一回戦がはじまるまえに、ぼくは親父に電話をかけた。このあたらしく手にいれた感情に親父がどう反応するかをみるためだ。

「父さん？」ぼくはいった。「手斧を埋めたいんだ（〝矛をおさめる〟〝仲直りする〟の意味）」

「ほんとうか？」このところ、親父はすごく老けた声をだすようになっていた。まるで、世界中の倦怠《けんたい》がのしかかってきているとでもいうように。だが、いまそれがすこし活気づいた。「そいつは素晴らしい、クリス！　正直いって、最近のおまえはすこし心配だった……」

「手斧の刃を、父さんの頭にね」

「え、いまなんて……？」

「聞こえただろ。これから試合なんだ」腕時計に目をやる。「あと四十五分もしないうちにはじまる。それが終わったら、きれいさっぱりかたをつけるために、そっちに寄るよ」

「クリス、やっぱりおまえは……」

　ぼくは途中でがちゃんと電話を切った。ひどくいやな気分がしていた。たったいまこじあけた傷口をふさぐには、暴力をふるうしかないといった気分……。よし、これで試合にのぞむ準備はととのった。


　その朝、ぼくは簡単に勝利をおさめた。驚いたのはぼくだけでなく、対戦相手も困惑していた。優勝候補ともくされていたラトヴィア人のグランドマスター、グリゴ・ドレチェフだ。傲慢で無慈悲な男という評判だったが、どちらの点でもぼくは負けていなかった。やつの顔から冷笑を消し去るのに、二十四手しかかからなかった。相手のキングを盤面の端においつめて王手詰み《チェック・メイト》にしたとき、ぼくの上唇は勝利の歓びで傲慢にゆがんでいた。グランドマスターにはじめて勝った瞬間だ。ぼくはドレチェフの目に浮かぶ表情に気がついた——敗北の痛み、落胆、そして疑念。そう、彼の自惚れにあたえた痛烈な一撃こそが、まさに最高の報酬だった。

だが、あすの試合はもっと厳しいものになるだろう。それまでに、ボイラーの火をさらにかきたてておかなくてはなるまい。


ぼくは相手に気づかれないようにちかづいていった。なかにはいるまえに外で靴を脱ぎ、床においてきていた。ドアはすこしあいており、ふれると、音もなく内側にすっとひらいた。まったく音をたてずに、ソックスをはいた足で床をよこぎる。こちらに背中をむけて椅子にすわり、窓にむかってうとうとしている人影が見えた。ある意味で、この勝利はあなたのおかげだ、あなたなしでは、なしえなかった——ほんとうにただそういうだけのつもりだったのなら、どうしてぼくの手にはそもそも武器が握られていたのだろう？　どうして手袋がはめられていたのだろう？

コリンズ博士は頑強な男だったが、頭に手斧の刃を突きたてられては、死ぬよりほかにできることはあまりなかった。

「やあ、父さん？」

「クリス、おまえか？　大丈夫なのか？　ものすごく心配してたんだぞ」

「大丈夫さ。ただちょっと、感情転移（ある人に対していだいた感情を、無意識に治療者にむけること）の問題に対処しなくちゃならなくて。でも、もうかたがついた」

「感情転移？　まさか……コリンズ博士か？」

「ああ」

「彼はおまえのチェスの個人教授であって、精神分析医じゃなかったはずだろ」

「そのはずだったんだけど。ところで、あのさ。きょうの午後三時ごろのぼくのアリバイになってもらえたりしないかな？」

　電話線のむこうで沈黙がながれた。

「父さん？　そこにいるの？」

「またヒリアー博士のときみたいなことをしでかしたんじゃないだろうな？」

「ごめん」

「なんてこった。こうなるかもしれないと恐れていたんだ。まあ、しかたがない。そのころ、われわれはここでずっとチェスをしていた。それでいいか？　だが、これが最後だぞ！」

「ありがとう、父さん。恩に着るよ！　ところで、けさマイクロテル国際大会でドレチェフを破ったんだ。でも、大会からは抜けることにした。よくわからないけど、まえほど勝ちたいという意欲が湧かなくてさ。ほら……もう……コリンズ博士とは会わないだろうし」

「それを聞いて、ほっとしたよ」

「ああ、だろうね。ところで、今週の火曜日は予定どおりかな？」

「ここで駒をならべて待ってるよ」

「それなんだけど、父さん」ぼくはいった。「これからは、ふたりでバックギャモンをやるってのはどうかな？」

豚
Pigs

わたしは妻のマーニーをつうじてクロフト夫妻と知りあった。その月、マーニーは陶芸に打ちこもうと心に決めていた。そして、それを聞かされた瞬間、わたしの脳裏には作りかけの鉢や皿が裏庭の物置の片隅にごちゃごちゃと積みあげられている光景が浮かんできていた。それらは貴重な空間を一年かそこら占拠したあとで、ゆがんだ鉢の天国へと旅立っていくのだろう。そのつかわれていない片隅を自分ならどう有効活用するのかは、よくわからない。だが、これはそういう問題ではなかった。物置の空きスペースは物置の空きスペースであり、ただで配られるためにあるのではないのだ。わが家の玄関を最初に通過した物体は、わたしの懸念をあまりうち消してはくれなかった。

「なんだい、それは？」マーニーがその物体をキッチンのテーブルの上にそっとおいたとき、わたしはたずねた。それが粘土でできているのは、わかった。

「それっ、て、どういう意味?」マーニーが口をとがらせていった。「猫に決まってるじゃない!」

「轢《ひ》かれた猫かい?」

マーニーはそれをとりあげ、わたしに投げつけることもできたが、そんなことをすれば、かろうじて猫科の動物らしい形をとどめているものを破壊することになってしまうだろう。そこで、かわりにわたしのところまで歩いてくると、両腕をこちらの首にまわしてキスをした。

「今夜、友だちができたみたい。ミセス・クロフトよ」

「ミセス・クロフト?」

「だって、あたしよりもすこし年上なんだもの。どうしても、〝ミセス〟としか考えられないわ。名前はアナベルよ」

マーニーは、わたしとおなじ三十三歳だった。隠しごとのない正直そうな顔をした美人で、生まれつき癖のないさらさらとしたブロンドの髪を――手入れが大変だからパーマをかけたいとしょっちゅうこぼしながらも――クラシックなスタイルに長くのばしている。結婚して三年になるが、物置にかんする意見の相違をのぞけば、なかなかうまくいっていた。

「あたしたち、夕食に招かれたわ」マーニーがいった。

誰かさんが、その家を染みひとつない状態に保っていた。そして、その誰かさんがアナベル・クロフトである可能性は、まずなかった。彼女の手は、どちらもきれいなものだった。先細の長い指の先には、マニキュアをした健康そうな爪。マーニーが遠慮しそうなくらいきついパーマのかかった濃い茶色の髪は、まるで契約でそう定められているかのようにぴしっと決まっている。四十歳にはなっているはずだ。たしかに、わたしたち夫婦とそうちがわない年齢だが、わたしにはマーニーのいっていた意味がわかった。彼女はまぎれもなく〝ミセス・クロフト〟といった雰囲気を漂わせており、わたしはひと晩じゅう、意識して彼女を〝アナベル〟と呼ぶようにしていなくてはならなかった。

もちろん、家を清潔に保っている人物が彼女の夫アーノルドである可能性もなくはなかったが、そちらもきわめて怪しかった。彼はものうげな感じで玄関ドアにあらわれると、ぽっちゃりとした温かい手を差しだしてきた。濃いグレーのズボンに、高級そうな白いシャツ。おかげで、ジーンズに茶色い革のジャケットという自分の恰好がくだけすぎているように感じられた。とりあえず、こちらも靴はドレスシューズだった。アーノルドは、五十歳はいっているだろう。髪の毛が白くなりかけており、顔の肉は首のほうへと垂れさがりつつあった。

「飲み物は？」アーノルドが訊いてきた。「裏庭へいこう」

「あたしたち、双子みたい！」アナベルがうれしそうに叫んだ。一瞬、彼女がなんのことをいっているのかわからなかったが、そのとき、彼女とマーニーがどちらも丈の長い濃いブルーのセミフォーマルのドレスを着ていることに気がついた。彼女がマーニーの腕をとり、われわれはアーノルドを先頭に、奥行きのない玄関をとおって、メインのリビングとおぼしき部屋へとはいっていった。天井が低いわけではなかったが、そんなふうに感じられた。というのも、部屋がものすごく広いうえに、スキップフロアで床に段差がもうけられていたからである。一九六〇年代のランチハウス風で、どこもかしこも磨きあげられた木でできていた。マーニーとわたしがローンを組んで買った小さな家は、そこにすっぽりと納まってしまいそうだった。

左側のいちばん高いフロアには、パーカー・ヴァレーを一望できる西向きの大きな窓がついていた。階段をのぼったところに松材の食卓がおいてあり、五人分の席が用意されていた。夏の夕日が斜めに差しこみ、銀食器やクリスタルのワイングラス、それにリキュールの半分はいったデカンターがきらきらと輝いていた。

部屋の中央の一段低くなった広いリビングには、高級そうな淡黄色の居間家具一式――三人掛けのソファがひとつと、ひとり掛けのソファがふたつ――がそろっていた。オーディオ機器類があり、CDの棚とランプ、それにガラスのテーブルの上には青い花瓶がおかれている。この部分全体にかかるように、低いバルコニーが湾曲してつづいていた。そこにある四つのドアは、おそらく家の残りの部分につうじているのだろう。

わたしの顔に浮かんだ表情を読みとったにちがいなく、アナベルが笑った。

「あたしたち、吐き気をもよおすくらいの大金持ちなの」という。

「いわれなければ、わかりませんでしたよ」

マーニーにわき腹をこづかれたが、アナベルもアーノルドも気にしている様子はなかった。アーノルドのあとについてソファのそばをとおり、右手に折れ、部屋を半分取り囲んでいるバルコニーへとあがっていく。バルコニーの高さは、人の背丈くらいしかなかった。バルコニーにあがったところでアーノルドがむきなおり、にっこり笑ってみせた。

「人はかならずしも金を愛す必要はない」という。「だが、愛しているからといって、それは欠点ではない」

そのとき、マーニーとわたしは同時にそれを目にした。豚だ。バルコニーの南端に、それまで装飾用の支柱に隠されていて見えなかった五つ目のドアがあり、唯一あけたままにしてあるそのドアの奥には、ヴェトナム原産の黒いポットベリー種の豚がいた。成獣で、かなりの巨体だった。まばらに生えたごわごわした毛。濡れた鼻。どの種類の豚もそうだが、まつげがある。その豚は小さな部屋のなかで赤いビロードの巨大な足載せ台とおぼしきものの上に横たわっていて、そこに取り外しのできる木製の階段がぴたりと押しつけてあった。桃色の壁紙。クリーム色の絨毯《じゅうたん》。豚はいくらかむっつりしていたものの、清潔そうに見えた。

こちらが状況を把握しようとしているあいだ、豚のほうもこちらを観察していた。どういうわけか、テーブルに用意されていた五人目の席のことが頭に浮かんできた。

「素敵な豚ね」ほかにもっとましな言葉を思いつかずに、マーニーがいった。

「カールよ」アナベルがいった。「カール、ニールとマーニーにごあいさつなさい!」

豚はふたたび、その小さな目をわれわれのほうにむけた。ほとんど興味などなさそうな感じだった。それから、浴槽の底のほうにたまった石鹼水が排水されていくときのような音をたてた。

「どうやら、ぼくらは気に入ってもらえたみたいだ」わたしはいった。

豚がふたたび先ほどのあいさつをくり返す。

「ほら、間違いない」

「この意地悪な男の人のいうことを気にしちゃだめよ！」アナベルが豚にむかってやさしくささやきかけた。だが、その点を心配する必要はなさそうに思えた。この豚は遺産相続人に名をつらねているのだろうか？

「でも、アナベル、この家はすごく清潔で、かたづいてるのに……」マーニーの声はしだいに小さくなって消えていった。アナベルは手をさっとひとふりして、この失言を一蹴した。

「カールは完璧にしつけられているの。一部の人よりもきちんとしているくらいよ」

「豚には汗腺がない」アーノルドが説明した。「かれらが泥のなかを転げまわるのは、身体を冷やしておくためにすぎないんだ。ここには冷房が完備されている」

さすがに失礼になるのでアーノルドに指摘するのは控えたが、かれらの財力をもってしても、裏庭まで人工的に冷やすことはできていなかった。とはいえ、まさにそれだからこそ、冷房には意味があるのかもしれなかった。外にいるのが耐えられなくなったときに逃げこめる快適な場所を提供する。そのめりはりがなければ、どこからも高揚感など生まれてこないではないか？　実際のところ、スペイン風中庭《パティオ》は耐えられないほどではなく、むっとしているだけだった。

　日が暮れかけていたものの暑さはまだおとろえておらず、ほっとひと息つかせてくれるそよ風も吹いていなかった。われわれは家屋とひさしによって作られたかげのなかでゆったりと腰かけ、酸味のきついレモネードをすすっていた。見たところ、クロフト家は丘の斜面をほぼ独占しているようだった。土《クレイ》のテニスコートと腎臓形のプールのむこうはゆるやかなのぼり勾配になっており、芝生とあまり形式ばっていない花壇の庭は、より自然な状態の土地へとつづいていた。風でまがった木。からまりあった灌木《かんぼく》。敷地の境界線がどこにあるのかは、よくわからなかった。そもそも、境界線などあるのだろうか？

　マーニーとアナベルがぺちゃくちゃと楽しそうにおしゃべりしているあいだ、アーノルドとわたしはたがいに探りをいれ、共通点をみつけようとしていた。いろいろ話をするうちにわかったのは、彼の金が不動産の投機と開発で得たものであること、金を生みだすには金が必要なこと、誰でも金をもうけられるということだった（要は、システムをうまく利用しさえすればいいのだ。そして、そのシステムは幸運にも、貧乏を好まない金持ち連中が代々にわたって利用しやすいようにできていた）。ほかにもわかったのは、金をもっているというのは、もっていない連中が考えているようなことばかりではないということだ。金をもっていても、日々生活していくうえでの問題は残る。まるでそのことを立証してみせようとでもいうように、アーノルドが鋳鉄《ちゅうてつ》でできた耐候性の椅子のなかで身をのりだし、暗い表情でいった。

「じつは、カールは心臓に問題があってね」

この告白で、女性陣の会話がぴたりととまった。マーニーが聞きつけていった。

「あら、かわいそうに」心から同情している声だった。「それは……その……すごく悪いのかしら？」

「心配はしてないわ」アナベルがいった。

「市内に腕のたつ男がいてね」アーノルドがうなずいた。「最高の診療所をやっている。年老いた豚を治療できる人物がいるとすれば、彼をおいてほかにはいない。だが、豚の心臓というのはなかなか厄介な代物でね」

マーニーの視線がこちらに突き刺さっているのがわかった。どうか夫が口をひらきませんように、と念じているのだ。だが、その必要はなかった。なんのかんのいっても、人はよく犬や猫のことをそんな調子で話すものだし、われわれはそういう人たちを面白がったりはしない。ときには滑稽《こっけい》かもしれないが、大切にかわいがっているペットを誰かが失うことに、おかしなところはなにもない。われわれはふだん豚を甘やかすのではなく、食べている。だが、中国にいけば、犬や猫が食用になっているのだ。「すべてうまくいくといいですね」わたしはいった。その言葉に嘘はなかった。

社会的な地位からいっても財政状態からいっても、マーニーとわたしはクロフト夫妻の世界への予期せぬ侵入者といえただろう。だとすると、夕食の席の三人目のゲストは――結局、合流はしなかったが――さしずめ宇宙からの来訪者といってもよさそうだった。わたしの想像とはちがって、それは先ほどの豚ではなかった。われわれがテーブルにつこうとしたとき、バルコニーにあるドアのひとつから若者があらわれた。十代後半の少年で、白いTシャツに膝丈の黒いショートパンツをはいており、足もとはスニーカーだった。いま自分のいる環境にこれほどなじんでいない人物というのも、めずらしかった。

若者はみじかく刈りあげた頭をぎごちなくかくかくと、はじめて目にするかのように部屋をこそこそと見まわした。やつれた顔をしていた。暴飲暴食で青白くなっているのではなく、栄養不足でげっそりと血の気がないといった感じだ。肌はできものだらけで、悲惨な状態だった。背中がまるまり、目はほとんど床をみつめたままだ。あきらかに彼は、こうした豊かさのなかではあまり見られない沈みこんだ様子をしていた。人間とそれをとりまく環境が、まったく合致していなかった。そして、誰よりも本人が、そのことをいちばんよく承知していた。

われわれ四人はまずキッチンへいってから、料理をはこんで食卓にもどってきたところだった。新鮮なシーフードのパスタとサラダ。ふわっとしたロールパンのはいったバスケットと二、三本のよく冷えたシャルドネ。自分の皿とワインのボトルをおきながら、アーノルドが若者のほうにむかって手をふった。

「きみの分は冷蔵庫にはいってるぞ、ギャビン！　いいか、いつでもここでいっしょに食事をしてかまわないんだぞ」

若者はぼんやりとした感じでうなずいてから、キッチンにつうじるドアのむこうへと消えていった。マーニーとわたしのほうには一瞥《いちべつ》もくれなかった。

「うちの愛玩用の男の子よ」若者がいなくなると、アナベルがいった。

「心配ご無用」アーノルドがわたしたち夫婦に請けあった。「彼にはたっぷりと払ってあるから」

クロフト夫妻は顔を見合わせると、楽しそうに笑った。まるで、まえにもおなじ冗談をいったことがあるかのように。アナベルが手を叩いた。

「あなた、どうやらふたりとも本気にしかけてたみたい！」

「まさか、そんなことないわ」マーニーが否定したが、その声は弱々しく聞こえた。われわれは席についた。アーノルドがカーテンをひいて西日をさえぎってから、テーブルの上座に立ってワインのボトルをあけた。

「いいんだ」と穏やかな声でいう。「でも、いまの反応は今日の社会状況をよくあらわしていると思わないかな？　家にいっぷう変わった若い男がいても、それは必ずしも性的対象物であるとはかぎらない。金持ちだからといって気前よくはなれない、というわけではないんだ」

「金持ちであればこそ気前よくもなれる、という人もいるでしょうね」わたしは切り返した。テーブルの下でマーニーが蹴飛ばしてきたが――とりあえず、マーニーだったと思う――ほとんど感じられない程度の蹴りだった。

「こいつは一本とられたな」シャルドネを注ぎながら、アーノルドがほほ笑んだ。

「だが、わたしがいまいってるのは、金や時間をあたえるということだけではない。あまり恵まれていないものを具体的に助けることをいってるんだ。なにかほんとうに違いをもたらすことを」

「博愛はわが家から、とあたしたちは考えてるの」アナベルがいった。

「ここで数週間すごすことで、ギャビンがこれまで強いられてきたひどい体験の埋め合わせが、いくらかでもできればと思ってね」

「彼はどういう人なのかしら?」マーニーがたずねた。

「べつに、特別なところはなにもない子よ」アナベルがいった。「ただの貧しい若者というだけで。彼は幼いころ、父親に虐待されていたの。それから施設にひきとられたんだけど、そこでも十代のときに虐待をうけた。いわゆる彼の養護者たちにね。あまり恵まれてるとはいえない生い立ちよ」

「それじゃ、浮浪児《ストリート・チルドレン》なんですか?」これが自分への評価を落とすことになるのはわかっているが、白状すると、わたしはこのとき声から蔑《さげす》みの色を消すことができなかった。ふいに気まずさをおぼえ、自分がけちくさい人間になった気がした。〝高潔の士〟どころの話ではない。しかもマーニーは、わたしと結婚した理由のひとつとして、生まれついての博愛精神をあげていたというのに。

ふたたびマーニーの蹴りが飛んできた。今度のは彼女の蹴りだという確信があった。

「浮浪児《ストリート・チルドレン》?」アーノルドが控えめにいった。

道徳上の優位をアーノルド・クロフトに譲り渡す——五分前には、いったい誰がそんなことが起こりうると考えただろう? このあと、わたしはひと晩じゅう防戦にまわって、アーノルドと彼の妻、それにわが妻のいうことすべてに賛同し、かれらのグラスが空になるとワインを注ぎ、総じてあらゆる点で好人物としてふるまいつづけた。もっとも、それでいささかなりとも挽回できたわけではなかったが、まあ、それははじめからわかっていたことだ。

「生まれてこのかた、あんな恥ずかしい思いをしたことなかったわ」食事のあとでわが家にむかって車を運転しながら、マーニーが冷たくいった。

「結婚式でのきみのお父さんのスピーチもふくめてかい？」わたしはいったが、それでも渋しぶながらの笑みさえ返ってこなかったので、これから数週間は不恰好な粘土のかたまりを褒めつづけなければならないことがわかった。

その晩、クロフト家にいたあいだ、二度とふたたびギャビンの姿を目にすることはなかった。

夫婦で議論をかさねた結果、わたしたちはひとつの結論に達した。ホームレスを通りから拾ってきて一、二週間面倒をみたところで問題の解決にはならないだろうが、正しい方向への第一歩であることは間違いない。そして、マーニーがたびたびわたしにむかって指摘したとおり、風変わりであろうとなかろうと、すくなくともクロフト夫妻はなにか前向きなことをしていた——ほかの誰かさんとはちがって。

それからひと月のあいだに、わたしたちはクロフト夫妻と二度いっしょにでかけた。わたしがどんなに熱心にクロフト夫妻をベーコン・サンドイッチを囲む夕べに招こうと提案しても、マーニーは頑としてふたりをつましいわが家にはちかづけず、かわりに映画館や劇場で会うようにした。どうやら四人ともその話をしたいとは考えていなかったらしく、ギャビンのことは一度も話題にのぼらなかった。そして、アーノルドとわたしのあいだには、あいかわらず共通の話題がなにもなかった——豚のカールをのぞいては（「予断を許さない状態だよ」）。だが、マーニーとアナベルはすっかり意気投合しており、急速に友情を深めつつあるようだった。あれこれ考えあわせると、クロフト夫妻に対してわたしがいだいた疑念は、ひがみ根性からきたものにすぎなかったように思えた。

ある晩、マーニーは陶芸教室から帰ってくると——その学期の最後の授業で、またしてもこねくりまわした粘土のかたまりを腕にかかえていた——丘の斜面の家にふたたび招待されたことをわたしに告げた。

「アナベルは、この家に招かれることはないとあきらめたみたいだな」わたしはいった。「ところで、その猫、なかなかよくできてるよ」

「いまは人物にとりかかってるの」マーニーが顔をしかめた。「ベートーヴェンのつもりなんだけど」

「それじゃ、〝未完成〟ってわけだ。だろ?」

「あたしたちをびっくりさせる贈り物があるって、アナベルはいってたわ」

「金でもくれようっていうのかな?」わたしはいった。


それは豚だった。まだ赤ん坊だから、正確にいうと子豚だ。

「あら」マーニーがいった。「かわいい」

「あなたたちなら、よろこんでくれると思って」アナベルが笑みを浮かべた。「あたしたちは〝ロージー〟って呼んでたけど、もちろん、好きな名前をつけていいのよ」

「いえ、〝ロージー〟でかまいません」わたしはすでに、この子豚をどこへ里子にだそうかと考えていた。アーノルドに目をやる。「それで、得意満面の父親はどうしてます?」

アーノルドは、その小さな怪物をマーニーの気の進まなそうな腕のなかに落とした。

子豚はきーきー鳴き、脚をばたつかせてから、マーニーの胸の谷間に鼻を押しこもうとした。その感触なら、わたしも知っていた。

「それについては、すこし面白い話があるんだ」アーノルドがちらりと横目でこちらを見た。われわれはリビングにいた。彼のあとについてバルコニーへあがり、カールの部屋へとむかう。ドアはすこしあいており、アーノルドがそれを押しあけると、そこには親父さんご本尊がいた。ふわふわの赤い寝椅子に横たわっており、まるで前回きたときからまったく動いていないように見えた。

「カール？」アナベルがいった。「ニールとマーニーを覚えているでしょ？　それに、ほら、ロージーちゃんもいるわよ！」

豚はアザラシのような吼え声をあげた。おそらく、〝覚えている〟〝覚えていない〟〝どうだっていい〟のどれかを意味しているのだろう。それに応えて、ロージーが甲高い叫び声をあげた。つづいて、カールが哀れっぽく鳴く。ダイエット中の人の泣きごとみたいに聞こえなくもなかった。アナベルがカールのところへいき、愛情たっぷりに顔を撫でた。

「わかってるわ。居心地が悪いんでしょ？　でも、お医者さまの話では、すぐにまた立って歩きまわれるそうよ」

それはなかなか興味深い考えだった。カールが実際に立ちあがる……。わたしは子豚のほうにうなずいてみせた。

「こういうことができるからには、カール父さんは調子がいいんですね」

「ああ、そうじゃないんだ」アーノルドがいった。「これは以前のことでね……つまり……ほら、われわれはこう考えていた……カールがいなくなるかもしれないと……その考えに耐えられなくて、ふさわしい母体に彼の種を宿してもらうように手配したんだよ」

「カールは病気が重くて、雌豚と交尾できなかったの。でも、ご承知のとおり、ほかにもいろいろと方法はあるから」アナベルがウインクした。

わたしがふたをするまえに、頭のなかでイメージが半分できあがっていた。まずアナベルに、それからアーノルドに目をやりながら、思いをめぐらす。

「人工授精だよ」アーノルドがいった。「カールのすべてを保持できないのなら、せめてその一部を、と思ったんだ。だが、いまやギャビンのおかげで、カールは元気になるだろう。だから結局、ロージーは飼わないことにした。ほんとうに、きみたちにもらって欲しいんだ」

「獣医さんの名前もギャビンっていうのかしら?」マーニーがなにげなくたずねた。

「いいえ、あのギャビンよ」アナベルがひきつづきカールをなだめながらいった。

「ほら、ここに滞在していた若者がいたでしょ？　彼の心臓を移植してもらったの」

今回は、わたしたちもひっかかるつもりはなかった。クロフト夫妻のことなら、もうわかっていた。マーニーもわたしも、おかしそうに笑った。

「ハーリー・ストリートに腕のたつ男がいてね」アーノルドが自慢げにつづけた。

「素晴らしい診療所で、世界的にも有名なところだ。実際、ここの技術は最先端をいっている。もっとも、日本人はしばらくまえからこっそりやってるがね。もちろん、もぐりの行為になるが、きみたちになら話せる。友だちだから」

「ええ、そうですよね」わたしはいった。「そういったことを最初に手がけるのは、たいていが日本人だ。どこかで読んだんですが、はじめて人間と豚のあいだの脳移植をおこなったのも、やはり日本人だったとか。つまり、レストランの経営者は、いまや自分でトリュフを嗅ぎつけられるわけです」

「ほほう?」アーノルドが平板な口調でいった。

「数週間のあいだ、彼にはよくしてきたわ。それまでの彼の人生すべてをあわせたよりもいい思いをさせてあげた」アナベルがいった。

「それに、われわれのほうも、あらゆる検査をしなくてはならなかった。完全に適合することを確認する必要があったからね」アーノルドがつけくわえた。

マーニーがふたたび笑い声をあげたが、今回は不安があらわれていた。巨体のカールが無関心そうに鼻を鳴らし、赤い寝椅子の上で姿勢を変えた。腹ばいの状態から、ごろりと横になる。そのとき、マーニーもわたしもそれを目にした。その胸には、まっすぐな長い傷跡がついていた。整然とならぶ縫合糸が剛毛とからみあっている。アナベルが身をのりだして、傷跡をよく見た。

「よさそうね」という。

「いっただろう。超一流の腕をもつ男だって」彼女の夫の顔には満面の笑みが浮かんでいた。まるで、自分がその傷を縫った人物を大学にやったとでもいうように。「その分野では、ぴか一だ」

マーニーは子豚を撫でていたが、その手がとまった。

「ほんとうにやったんですか？　あのかわいそうな若者に、そんなことを？」わたしはいった。

「彼はいまのほうがしあわせよ」アナベルがいった。「結局のところ、彼にどんな人生が望めたというの？　決して一人前の男にはなれなかったでしょう。社会に役立つ大人には。あんな過去を背負っていたら」

「ほんとうにやった？」

「あら、よしてちょうだい！　そんなしかつめらしい顔をして！」

「べつの豚をつかうこともできたでしょう」わたしはいった。怒りがこみあげてきていた。

「失礼？」アーノルドがいった。

「べつの豚ですよ！　べつの豚！　いったい全体、どうしてべつの豚をつかわなかったんです？」

「べつの豚？」

「まったく、あたま悪いんじゃないんですか？　移植にですよ！　べつの豚をつかうことだってできた！」

「そのことなら、あたしたちも考えたわ」アナベルが認めた。「でも、やっぱり、どうしてもできなかったの」

「どうしてです？」わたしの声は悲鳴にちかかった。

「それではあまりにも残酷だろう」アーノルドがいった。

マーニーは腕にかかえている子豚に目をやってから、思わず自分でも甲高い叫び声をあげて、それを床に落とした。子豚は小さな脚でぱたぱたと足音をたてながら、急いで逃げていった。アーノルドとアナベルが、どっと笑いはじめた。わたしはそこに立ち、笑いがやむのを待っていたが、ふたりはいつまでも笑いつづけた。目に涙を浮かべ、膝に手をついて、大笑いしていた。わたしはマーニーにも聞こえるように声を張りあげなくてはならなかった。

「もう失礼します」

マーニーの手をとると、バルコニーから下のリビングへひっぱっていき、玄関ドアへとむかう。ドアをあけたとき、笑い声がやんで、アーノルドが部屋のむこうから呼びかける声が聞こえてきた。

「なあ、豚はいらないのか？　なにか問題でも？」


わたしたちは二度とクロフト夫妻と会わなかった。陶芸教室は終わっていたし、マーニーは再登録しなかった。招待状が郵便で送られてきた。クロフト夫妻の自宅でひらかれるパーティへの招待だったが、わたしたちはいかなかった。それに、警察に電話をかけることもしなかった。その点にかんしては、わたしはいまでも後悔している。なぜなら、あれのどこがいったいおかしかったのか、どうしても知りたかったからである。

寝椅子に横たわる豚の目に浮かんでいたあの表情は、いまだに忘れられない。満足しきった、あの表情は。

買いもの
Shopping

6月5日

牛乳
新聞
サンドイッチ
ガム
バナナ
キャットフード

6月6日

牛乳
新聞
サンドイッチ
ガム
バナナ
キャットフード

6月7日
牛乳
新聞
サンドイッチ
ガム
バナナ
キャットフード

6月12日

牛乳
新聞
サンドイッチ
ガム
バナナ
キャットフード
かみそり
シェービングフォーム
せっけん

6月14日

牛乳
新聞
サンドイッチ
ガム
バナナ
キャットフード
アフターシェーブ・ローション
シャンプー／コンディショナー
ヘアトニック
靴ひも
爪切り
洋服ブラシ

6月15日

牛乳
新聞
サンドイッチ
ガム
バナナ
キャットフード
口臭消臭剤

6月16日

牛乳
新聞
サンドイッチ
ガム
バナナ
キャットフード
芝居の切符
男性向け健康雑誌
靴墨／あたらしい靴？
あたらしいネクタイ
散髪

6月18日

牛乳
新聞
サンドイッチ
ガム
バナナ
キャットフード
挽きたてのコーヒー
ワイン
チーズとビスケット
トイレの防臭剤
キッチン／バスルームの洗剤
バケツ
たわし
新鮮な花

6月20日

牛乳
新聞
キャットフード
ガソリン
クーラーボックス
ピクニック用の食器
ナプキン
冷肉
チーズ
パン
ワイン
フルーツ
サラダ
チョコレート・トルテ

6月24日

牛乳
新聞
サンドイッチ
ガム
バナナ
キャットフード
コンドーム

7月6日

牛乳
新聞
サンドイッチ
ガム
バナナ
キャットフード
コンドーム（イボつき）
スプレー缶入りホイップクリーム
イチゴ
はちみつ

7月10日

牛乳
新聞
サンドイッチ
ガム
バナナ
キャットフード
コンドーム（変わり種）
ロナルド・レーガンのマスク
ベビーオイル
手錠
目隠し
マスキングテープ

7月11日

牛乳
ガム
バナナ
キャットフード
カード
(“ごめん”?/“友だちでいよう”?)

7月 12日

牛乳
新聞
サンドイッチ
ガム
バナナ
キャットフード
花束
チョコレート

7月13日

牛乳
新聞
サンドイッチ
ガム
バナナ
キャットフード
花（3束）
チョコレート
切手
封筒
便箋（香りつき？）
煙草
マッチ

7月18日

牛乳
ガム
バナナ
キャットフード
煙草
使い捨てのライター
ウォッカ
切手
封筒
筆記用紙

7月24日

キャットフード
煙草
ウォッカ
花（5束）

7月30日

煙草
ウォッカ
花（12束）

8月7日

煙草
ウォッカ
かみそりの刃

9月11日

牛乳
キャットフード
煙草
ウォッカ
ガソリン
ゴム手袋
厚手のビニールシート（8平方メートル）
ゴミ袋（高強度）＋縛りひも
シャベル
生石灰
ハンマー
のこぎり

9月12日

牛乳
新聞
サンドイッチ
ガム
バナナ
キャットフード
ニコチン・パッチ

エスター・ゴードン・フラムリンガム
Esther Gordon Framlingham

「十七世紀のロシアの農夫ってのはどうかな?」わたしはたずねた。

部屋のむかいにすわっている代理人《エージェント》のマイラが眉をあげた。「北部? 南部?」

「南部だ」

「もういるわ」

「いや、北部といおうとしたんだ」わたしはすばやく訂正した。マイラがかぶりをふる。

「残念だけど、そっちもいる」という。「シーラ・トレスコシックの〈癇癪《かんしゃく》もちのイワン〉シリーズ。イワンは癇癪もちのロシアの農夫で、彼の暮らすロシア北部の小さな村でみんなから疎《うと》まれてるんだけど、複雑怪奇な事件の謎を解き明かすその類《たぐい》まれなる能力ゆえに、かろうじて受けいれられているの」

「ああ、もうわかったよ。それじゃ、こんなのはどうかな」わたしはリストの下のほうにあるやつを読みあげた。「十九世紀のペルーのヤギ飼い。性別は男。年齢は十三歳から十六歳くらい。素人探偵で、地元の山あいの共同体で起きる事件を解決していく」

「だめよ。スタン・アーチャーの〈ヤギ飼いの少年ミゲル〉シリーズ」

なにもそんなに満面の笑みを浮かべなくてもよさそうなものだったが、まあ、彼女にユーモア感覚があることは否定できなかった。うれしさのあまり、手でも叩きそうな勢いだ。マイラは華奢《きやしや》できぱきとした三十五歳の女性で、赤褐色の髪にはウエーブがかかっており、その目は知性と鋭さを感じさせた。この三年間、彼女は代理人として、わたしのスズメの涙ほどの稼ぎの十五パーセントを受けとっていた。

「ああ、そうか」わたしはうなずいた。「そういえば、聞いたことがある。なんとなくだけど」

「賞もいっぱいとってるのよ」マイラがいう。

「当然だよな。どうせ傑作なんだろうから」

その部屋には小さな窓があり、ひだ飾りつきの笠の下では電球が精いっぱいがんばっていたものの、あまり明るくはなかった。オフィスの主要部分はドアを出て左手のところで、そこではぶ厚い絨毯《じゆうたん》が電話の音やおしゃべりの声をしっかりと吸収していた。ここはマイラが自分の担当する作家と面談するときにつかう応接室で、わたしの祖父（もう亡くなっている）が愛用していたアフターシェーブ・ローションの匂いがした。壁のひとつにある棚には、床から天井までぎっしりと本が詰まっていた。小説にノンフィクション、ハードカバーにソフトカバー。マイラが代理人として、長年のあいだに出版社に売りこんできた本の数かずだ。じつに壮観だった。〝わたしは成功した代理人で、たくさんの原稿を売ってきた〟というしるしであり、いつものことながら、わたしは感銘をうけていた――あいにく、そのなかにわたしの本は一冊もなかったが。

わたしはため息をつくと、注意を手もとのリストにもどした。はじめは、そこに三十六もの素晴らしいアイデアがならんでいた。ミステリ小説にいまだ登場したことのない――というか、わたしがそう考えていた――探偵のアイデアだ。だが、いまやひとつをのぞいて、すべて線で消されていた。「マイラ、今度こそ笑わないでくれ。最後のひとつなんだ。用意はいいかい？　クロマニョン人の時代にいたネアンデルタール人の最優位の雄で……」

マイラはすでに首を横にふっていた。

「だめ？」わたしは小さな声でいった。

「マリーン・トレントの〈ウグ・オグログ〉シリーズ。どうせ知らないっていうんでしょ？」

「賞をとってるとか？」

「ニュージーランドじゃ有名よ」

「ニュージーランドね。あんなとこ、きれいさっぱり沈んじまえばいいんだ。どっちの島とも。それじゃ、これでおしまいだ。個人的な見解をいわせてもらうなら、ミステリ小説に登場する探偵は、もうすでに完全に出つくしてるんじゃないかな。あらゆる社会階層のあらゆる職業にまでおよんでる。未来と平行世界と量子世界をふくめて、人類のありとあらゆる時代のありとあらゆる地域にまで」

「あたしにどうしろっていうの？　ミステリは、いまものすごく活況を呈してるジャンルなのよ」

わたしは目のまえのガラスのテーブルからカップをとりあげ、冷めた濃いコーヒーをごくりと飲んだ。それで喉の渇きが癒されるとでもいうように。

「だから、作家が死なないかぎり――あるいは、殺されないかぎり――シリーズものの探偵の空きはひとつもないっていうのさ。そこで、ぼくはいま単発ものを書こうかと真剣に考えてるんだ」

「だめ、だめよ。それはよくないわ」マイラがいった。

「単発向けのすごくいいアイデアがある。飛行船の操縦士がいて、そいつはある晩、酔っぱらって酒場の喧嘩であやまって地元の裕福な政治家の息子を殺してしまうんだ。男はパニックを起こして逃げだすが、やがておなじ酒場に居合わせたべつの男にみつけだされて、北極圏まで飛行船を飛ばすようにと脅迫される。そこでは例の裕福な政治家がひそかに採掘をおこなっていて……」

「単発作品なんて、誰も読まないわ」マイラがきっぱりといって、プロットの説明を途中でさえぎった。「どの本にも毎回登場する主役がいないと、読者はすぐに混乱して、なにが起きてるのかわからなくなってしまうの。そりゃ、たしかに立ち直りのはやい少数の読者はついてこられるけど、ほかの大勢は、たとえすわっていても、方向感覚をすっかり失ってしまいがちよ。かれらは混乱して、不安になる。なかには、吐いちゃう人だっているわ。本気で、そうやってみんなの気分を悪くさせたいと考えてるの?」

「ああ」

「ごめんなさい、ポール」きょうもこの先もガスの供給業者を替えるつもりはない、と告げたあとのような口調でマイラがいった。「もしもあなたが人気バンドのリードヴォーカルとかお笑い芸人とか有名な庭師なら、それで成功できるのかもしれないけど」

「それじゃ、なにかい？　はじめるまえから、ぼくには成功の見込みがないっていうのか？　どうせそれを出版するところはみつからないだろうから、ぼくがなにを書こうと関係ないって？　そんなの、あんまりだ。だったら、法学部《ロースクール》にもどるよ」

「あなたの書くものを、あたしは気に入ってるのよ、ポール。あなたには可能性があると思ってる。だからこそ、この話をあなたにするの。エスター・ゴードン・フラムリンガムは、もうこの世の人ではないわ」

「え、誰だって？」

「エスター・ゴードン・フラムリンガム。〈ルーファス神父〉シリーズの作者よ」

「ほんとに？　あのシリーズの作者は、白い巻き毛で眼鏡をかけた小柄な老婦人だろ？　それって、メアリー・マーガレット・ホイットモアかと思ってたけど」

「エスター・ゴードン・フラムリンガムも、そういった感じよ。ふたりとも白髪だし」

「そうか。亡くなった？　そいつは残念だな。ルーファス神父っていったっけ？」考えてみれば、そのシリーズなら知っていた！　アルファベット順でいくと、クウェンティン神父とセプタス神父のあいだ。十六世紀の大修道院長で、十六世紀のエクセターが舞台だ。「そういえば、子供のころに何冊か読んだよ。かなり感傷的で甘ったるい話じゃなかったかな？」

「甘ったるい？　いいえ、あなたはラスタス神父のことを考えてるんじゃない？　いま話題にしているのは、ルーファス神父よ。甘ったるいところなんて、どこにもないわ。とにかく、たまには黙って、こっちの話を最後まで聞いてちょうだい。あたしがいおうとしてたのは、カンター社はいまエスター・ゴードン・フラムリンガムを死なせるかどうかで迷ってるってことよ」

「いまじゃ、出版社はそんなことができるんだ？　死者を甦《よみがえ》らせられる？」

「まさか、無理に決まってるじゃない。まあ、とりあえず、カンターみたいな中堅出版社じゃね。彼女は亡くなってるけど、まだそのことは一般には公表されていないの」

「なんとね。家族は知ってるのかい？」

「まだよ。どっちにしろ、彼女は数十年間、世捨て人をやってたから」

「どうして亡くなったんだい？」

「退屈のあまりよ。いいから、その口を閉じて、最後まで話をさせてちょうだい。カンター社としては、できれば〈ルーファス神父〉シリーズをずっとつづけていきたいと考えているの。なんだったら、この世が巨大な小惑星で破壊されたり宇宙の最後の爆縮で消えてなくなったりしてしまうまでね。ルーファス神父は有名ブランドよ。もちろん、テレビ・シリーズもあるし」

わたしはマイラの沈黙を埋めた。彼女がわたしのために、わざとあけておいてくれたからだ。

「そして、かれらは誰かにエスター・ゴードン・フラムリンガムの代わりをつとめさせたがっている？　〈ルーファス神父〉シリーズの代作者として？」

わたしはさらに沈黙を埋めていった。

「そして、きみはそれをぼくにやらせたいと考えている？　それって、つまりは彼女の名前で書くってことだろ？」

「まずはじめに正直にいっておくと、最近のエスター・ゴードン・フラムリンガムは駄作を連発していて、売れ行きがうちの旦那のムスコみたいに落ちこんでたの。カンター社はチーム・プレーヤーを欲しがってるわ。やる気満々でブランドの一部になろうって人物を」

「はした金で書いて、いわれたとおりにしてくれる人物ってことだ」

「よくおわかりね」

「きみはレズビアンだと、ずっと思ってたんだけどな」

「この三月で、結婚十二年よ。それと、あたしがレズビアンだったら、なんだっていうの？　それに脅威を感じる？　まあ、あたしのことはどうでもいいわ。要は、ゆくゆくはカンター社が、その新人作家に自分名義の本をださせてくれるかもしれないってことよ。その作家が、代作者としてシリーズの売れ行きをのばすことができたらね。それにもちろん、そのあいだに社会が発展すれば、探偵につけるあたらしい職業もふえるわけで……」

「ライフスタイルのアドバイザーってのは、どうかな？」わたしはいった。「事件の謎を解くライフスタイルのアドバイザーについて、ずっと書きたいと思ってたんだ。まあ、とりあえず、この四秒間は。それなら、時代遅れとはいわせないし、ほかにはまだ誰も……」

「アン・ポートマンの〈ラルフ・ド・シルヴィアン〉シリーズ。ラルフ・ド・シルヴィアンはライフスタイルのアドバイザーで、生き方を指導しながら殺人事件の謎を……」

「ああ、そうかい。そっちこそ、たまには黙っててくれないかな。もうわかったから」

「そう。わかったのなら、それを忘れないことね。とにかく、あとひとつ、あなたにまだ話していない問題点があるの。カンター社はエスター・ゴードン・フラムリンガムの件で、ふたりの作家をオーディションにかけろといってきてるわ。つまり、あなたのほかに、もうひとりいるってことよ」

なるほど、彼女は簡単な計算ができるわけだ。

「それで、もうひとりの幸運なアホは？」

「ジャック・パンタンゴよ」

「聞いたことないな」

「そこが肝心な点でしょ。これから二週間のあいだに最高のあらすじとはじめの三章を仕上げてきたほうが、この仕事を手にいれるわ」

「エスター・ゴードン・フラムリンガムは、なにか構想とか残していかなかったのかな？」

「すくなくとも、四百はあるわ。でも、それを目にできるのは、勝利をおさめた人だけよ」

「〈ルーファス神父〉シリーズの本を書くのは気が進まないっていったら？」

「法学部《ロースクール》を楽しんでくることね」

探偵、調査員、密偵、捜査官——それらはすべて、剃髪した穏やかな口調の十六世紀の聖職者にあてはまる名称だ。わたしはまったく下調べをしなかった。その必要はなかった。考えれば考えるほど、子供のころに読んだルーファス神父のことがはっきりと記憶に甦ってきた。父親が通信販売で全冊そろえていたのだ（もちろん、まだ書かれていなかった作品はべつにして）。わたしはこのシリーズが大のお気に入りで、いつでも先に手にとって、いっきにむさぼるように読んでいた。『白い鴉』。『死の燭台』。『まやかしの魔女』。『第三の部屋』。

父親が寒い冬の夜に暖炉のそばでこれらの本を読んでいた情景が、いまでもまぶたの裏に焼きついていた。父は一冊読み終わるたびに本を暖炉に放りこみ、それが燃えるのを思案ぶかげにながめていた。なにを考えていたのだろう？　炎のこと？　本のこと？　炎につつまれた本のこと？　本はどれも大判で厚かったが、すぐに読めたし、おかげでそれほど大きくない暖炉でも、いつでもじゅうぶんな暖をとることができた。

あらすじを練りあげるのに、二日しかかからなかった。わたしは気の利いた筋を思いついていた。ある晩、船長が宿屋で酔っぱらう、というやつだ。そいつは喧嘩であやまって地元の裕福な貴族の息子を殺してしまい、パニックを起こして逃げだすが、やがておなじ宿屋に居合わせたべつの男にみつけだされて、北極圏まで船をだすようにと脅迫される。そこでは例の裕福な貴族がひそかに採掘をおこなっていて……。ここでルーファス神父の登場とあいなり、このあとも折にふれて発生する予定の各種とりそろえた殺人や複雑にからみあった謎を解決していくことになる。

第一章を途中まで書いたところで、ジャック・パンタンゴから連絡があった。

パンタンゴはわたしよりも十歳若かった。そして、彼のいらつく点はそれだけではなかった。パンタンゴはわたしと会う場所として、〈レダマの木〉という店を指定してきた。リヴァプール・ストリート駅から半マイルのところにあるしけたパブだ。おかげで、こちらは地下鉄のトゥーティング・ブロードウェイ駅からえんえんと歩かされるはめになった。〈レダマの木〉は殺風景なパブだった。オリーブグリーン色の壁紙。人生を渦巻き模様で映しだす、縁に渦巻き模様のほどこされた馬鹿げたバーの鏡。店内はスロットマシンだらけで騒がしく、カウンターには表情の浮かべ方がわからないまま生きてきた疲れた感じの肉体労働者風の男たちがが首をならべていた。

パンタンゴ本人は貧相な体格で、若々しいハンサムな顔をしており、黒い髪を耳のうしろにむかってなでつけていた。

「なんとなく、もっと年上かと思っていたよ」わたしはいった。「いま、いくつなのかな？　二十二？　二十三？」

パンタンゴはテーブルのむかいにすわり、ライム・レモネードのはいったハーフ・パイントのグラスを指先でまわしていた。グラスの動きにあわせていっしょにまわろうとする氷を、じっとみつめている。彼はイースト・エンド出身とすぐにわかる発音で、馬鹿を相手にしているみたいにゆっくりとしゃべった。

「ミスタ・ガッド、状況はこういうことだ」

「ポールでいいよ」わたしはいった。

「いや、やめておこう。そのほうが話がしやすい。あくまでも仕事の関係にとどめておいたほうが」

「そいつはちょっと深刻そうだな」わたしは笑おうとしたが、どういうわけか、それは喉の奥にぴたりとはりついて出てこなかった。「ところで、エスター・ゴードン・フラムリンガムのオーディションにお声がかかったことで、おめでとうをいわせてもらうよ。マイラの顧客になってから、もう長いのかな？」

「誰だって？」

「きみの代理人はマイラじゃないのか？　まあ、とにかく、おめでとう。こういった仕事を手にいれるにはきみは若すぎる気がするから、ごほうびがもらえなくても、がっかりしないことだ。けど、チャンスがないとは思わないでくれ。ほんとうに、きみにもチャンスはあると考えているんだから」

「ごほうび？　いったい、なんの話をしてるんだ？」パンタンゴがグラスをまわすのをやめ、声を荒らげた。なにが起きているのか確かめようと、カウンターにいた客たちの頭がちらりと動かされた。またしても、わたしは不愉快な気分をあじわっていた。相手が正真正銘の生意気なロンドンっ子で、必要とあらばためらわずに人の顔を殴るようなやつだとわかったからである。おまけに、おそらくこの男はすごく才能のある天性の作家で、テレビやラジオでの受けも良く、カバー裏の著者写真のうつりも最高というやつなのだろう。そして、エスター・ゴードン・フラムリンガムの代作者をつとめたあとで、すぐにでもロンドンの労働者階級をあつかった小説の決定版をものにするのだ。成功のきっかけとなるその仕事は、わたしのものとなるはずだったのに。

「それって、南アメリカ人の名前かな？」わたしはいった。「パンタンゴ？　けど、見た目はすこしスペイン人っぽいな」

　こちらとしてはほんのすこし怒らせるだけのつもりが、実際には相手を激怒させていた。そして、その結果として、彼はいまわたしにむかって指を突きつけていた。「ミスタ・ガッド」なにやら危険きわまりないものを押し隠したまま、パンタンゴがいった。それが表にあらわれていなくて、さいわいだった。「いいか、おれはこいつを二度いいたくてうずうずしてるが、膝頭を砕かれたくなかったら、一度しかいわせないようにすることだ。エスター・ゴードン・フラムリンガムの仕事はジャック・パンタンゴのものだ。わかったか？　こんなもうけ話を見逃すわけにはいかないし、ほかにもいろいろと役得がついてくるみたいだからな。女とか、ドラッグとか。だろ？　だから、ここではっきりとさせておこう。この件で議論はなしだ。さもなきゃ、あんたは痛い目にあうことになる」

わたしの千載一遇のチャンスを盗みたがっているこの無礼で鼻持ちならない若造のさらに不愉快な点は、彼が自分のことを三人称で語るところだった。まるで、自分を物みたいに世間一般に提示できるとでもいうように。むかしから忌み嫌っていて、自分でもしないよう気をつけている習癖だ。そして、それが我慢の限界だった。相手の表情からは懇願にちかいものが感じられたが、こちらとしても反論するしかなかった。「失礼」わたしはそういって立ちあがると、いっきにグラスを空けた。「こっちはこの五年間、今回のエスター・ゴードン・フラムリンガムの仕事のために、ずっと努力してきたんだ。まあ、実際には、それをめざして努力してきたわけじゃないが、とにかく、もっといい話がくるまでは、それで我慢するしかないだろう。そっちはそっちで、しなくちゃならないことをすればいい。だが、忘れちゃいけないのは、作家は頭で書くってことだ。膝頭じゃなくて。そのいい例が、全身麻痺になったものの、それでもまぶたをつかってタイプライターのキーを押して本を書いたフランス人の男だ。いや、待てよ、タイプライターじゃなかったかな？　考えてみると、それは無理だって気がする」わたしはカウンターにならぶ客たちのほうにむきなおった。いまでは全員が、かすかに面白がりながら、どうでもよさそうにこちらをむいていた。「誰か、その本の題名を覚えてないかな？　それか、著者の名前でも？（ジャン＝ドミニック・ボービー作『潜水服は蝶の夢を見る』）自分じゃ読んだことないんだ。とにかく、彼を忘れるな！」

　そういい捨てて、わたしは店を出た。パンタンゴがついてきていないか確認するためにふり返ったのは、せいぜい四、五回といったところだった。だが、パンタンゴはそこにすわったまま、顔にこわばった笑みをうっすらと浮かべて、わたしをにらみつけているだけだった。すぐにでもわたしを叩きのめしたそうな感じで。

　結局のところ、パンタンゴの望みは、わたしを叩きのめすことではなかった。わたしを殺すことだった。そのことは、すぐに判明した。わたしが〈レダマの木〉からリヴァプール・ストリート駅にむかって路地のもっとも暗い部分を半分ほど進んだときだった。前後五十ヤードで明かりといえば、揚げ物のころもに先月の油を吸いこませただけの代物を売っているフィッシュ・アンド・チップス屋の薄汚れた窓の灯火《ともしび》しかなかったが、それでもパンタンゴがちかくの巻きあげ式シャッターのついた戸口のかげから飛びだしてきたとき、彼が手にしているナイフの刃がきらりと光るのが見えた。

もうひとつ判明したのは、彼は才能ある一流の若き新進作家かもしれないが、人を殺すことにかけては三流だということだった。わたしがあげた驚きの悲鳴を黙らせようとちかづいてきたとき、パンタンゴは歩道の丸石につまずいて足をすべらせた。あとからふり返ると、なかなか滑稽な光景だった。身をよじらせながら倒れていくさま。地面に激突した拍子に肺からうめき声とともに押しだされてきた空気と都会のスモッグ。もっと笑えたのは——その手のことを面白いと感じる人にかぎるが——彼が手にしていたナイフが本人の眉間をつらぬき、まっすぐ脳にまで到達したことだった。ほんと、大笑いだ。

ほんとうなら警察を呼ぶか、まあ、そこまでしなくても黙って立ち去るところだが、わたしはまだジャック・パンタンゴをひじょうに不愉快なやつだと感じていたので、

（たったいま刺されかけたところとあっては、なおさらだ）、ひろがっていく血だまりをよけながら、彼のポケットをさぐって財布や鍵をさがすことにした。パンタンゴの住まいをみつけだして侵入するのはどうか、と漠然と考えていたのだ。万に一つの可能性だが、こいつのエスター・ゴードン・フラムリンガム用のアイデアは、わたしのものより優れているかもしれなかった。その場合は、なんのおとがめもなしに、そいつを盗むことができる。

財布を見てわかったのだが、この男はジャック・パンタンゴなんかではなかった。運転免許証によると、ガードナー・ビーム。二十五歳で、ボウ在住。パスポート・サイズの写真は、本物よりも悪党づらに写っていた。財布には罫線入りのノートの紙片を四つ折にしたものもはいっており、そこには〝ジャック・パンタンゴ〟の名前が引用符つきで書かれ、ハイゲートの住所が添えられていた。

もう日は完全に暮れていたが、時刻はまだはやく、わたしはリヴァプール・ストリート駅の売店でA－Z地図を買うと、地下鉄で町を横断した。パンタンゴの住まいは、モダンなフラットのたちならぶノース・ヒルの真ん中にあった。通りの角の三階建ての建物で、月桂樹の生け垣に囲まれており、月明かりのなか、白く塗られた小さなバルコニーがベージュの煉瓦の壁の表面にかすかに浮かびあがっていた。

わたしは黒いビジネススーツ姿の老人のあとについて、セキュリティのついた入口を突破した。老人にこちらの姿を見られることはなかった。老人が最初の階段を半分くらいあがるまで待ってから、ゆっくりと閉まろうとする正面玄関のドアに足をさしはさんだからだ。

九号室のドアをあけたのは女性だった。わたしが正面玄関のブザーを鳴らさなかったので、彼女はお隣さんがきたと思っていたのかもしれない——しゃべろうとして口をあけてから、ふたたびそれを閉じた。その目に不安の色がよぎるのがわかった。

「はい？」

彼女は五十歳くらいで、小柄で野暮ったかった。キッチンのカーテンを思わせる花柄のドレスの下には豊満な胸が隠されており、きっちりとかためられた黒髪は木製のサラダ・ボウル——工芸市で十ポンドで買えそうなやつ——を逆さまにして頭にぽんとのっけたように見えた。

「どうも」わたしはいった。「ジャック・パンタンゴをさがしているんですけど」

それを聞いて、彼女はぎょっとした。わたしが手を突っこんで押さえていなかったら、目のまえでドアを閉められていただろう。

「突然お邪魔して申しわけありませんが、重要なことなんです。彼は家にいますか？」

ジャック・パンタンゴが在宅しているのなら、女性はフラットのほうをふり返りそうなものだった。だが、彼女はそうはしなかった。ただこちらをじっとみつめてから、大きくため息をついた。顔がげっそりとしただけでなく、両肩が力なく落ちていた。

「はいってもらったほうが、よさそうね」

「そりゃ、あなたはいいわよ」彼女が苦々しさを隠そうともせずにいった。「それほど太ってもいなければ、年をとってもいないんだから」

「それは、どうも」

わたしたちは蛍光灯のともるキッチンでテーブルにつき、薄い紅茶を飲んでいた。壁のタイルは可愛い子猫の写真でごちゃごちゃと飾りたてられ、流しのそばにはプラスチック製の水濾《こ》し器がおかれていた。彼女の名前は〝ジャッキー〟といった。〝ジャック〟ではなく、〝ジャッキー〟だ。だが、苗字は〝パンタンゴ〟だった。

「でも、あたしはどう？」彼女はつづけた。「五十四歳で、どこからどう見ても不器量よ。関節炎にかかった左膝をかかえて、パートタイムで不動産鑑定士をやってる。そんな人間が作家として成功できるなんて、ほんとに思う？　どこの出版社があたしなんかを売り出したがる？」

「あなたの書くものは、どうなんです？」

「それがいったい、なんの関係があるっていうの？　そりゃ、もちろん、あたしがいくらか有名だったらね。まったく、こんなことなら政治家になっておけばよかった（政治家出身の作家としては、ジェフリー・アーチャーが有名）。さもなきゃ、バスの運転手にでも（作家マグナス・ミルズは『フェンス』でデビューしたとき、バスの運転手をしていたことが話題になった）」

「職業が売りにならないのなら、なにか奇抜なことをすればいい。たとえば、アウター・ヘブリディーズ諸島で電子レンジをはこんでまわるとか（トニー・ホークスの旅行記『ラウンド・アイルランド・ウィズ・ア・フレッジ』では、パブの賭けで男が冷蔵庫といっしょにアイルランドを旅してまわる）。そして、その体験について書くんです」わたしはいった。「あなたは処女ですか？　それも売りになる」

「かもしれない。けど、それは自分がそのことに誇りをもっていればの話でしょ。だから、ビームを雇ったの。わかる？　あたしが有名になったら、彼はあたしの表向きの顔として、インタビューをこなしたりいろいろな行事に出席したりすることになってた。そして、あたしは印税からそのお抱え料を支払うつもりだった。おまけに彼はイースト・エンド出身のけちな悪党だったから、その彼に頼めば、あなたを脅して取引に応じさせられるんじゃないかと思って」

「作家になれば女やドラッグがたんまり手にはいる、と彼にいいませんでしたか？」

「そういっておけば、この取り決めがもっと魅力的になるかもしれないでしょ」

「で、彼はそれを信じた？」

彼女はわたしの茶碗におかわりを注いだ。

「ナイフの件は、ごめんなさい。彼、ほんとうにあなたを殺すつもりだったのかしら？」

「あれはたんに自分の楽しみのためだけにしたことだと思います」わたしはいった。

「まったく、ジャッキー、なんでこんなことを？　エスター・ゴードン・フラムリンガムの仕事は、もともと顔のでないものだ！　匿名でおこなう、はした金のやっつけ仕事にすぎないのに！」

「ええ。でも、それがほかの仕事につながる可能性がある。でしょ？」彼女は悲しげな声でいった。

「まあ、そうですね」わたしはいった。「ただし、その可能性はぼくにあるのであって、あなたにではない」

それは単純な話で、パンタンゴに選択の余地はなかった。ガードナー・ビームの件でわたしが警察にいかないかわりに、彼女はエスター・ゴードン・フラムリンガムの仕事をわたしに譲る。

わたしは〈ルーファス神父〉もののはじめの三章を書きあげると、マイラに送った。すると、一週間ほどしてマイラからオフィスにくるようにと連絡があった。

「よく書けてるわ」マイラは応接室のテーブルにタイプ原稿を投げだすようにしておきながらいった。「文章に無駄がないし、登場人物は嘘っぽくないし、ストーリーは力強い」

わたしは期待して、にっこり笑った。

「それに、おかしいのよね」マイラがいった。「じつは今週、ジャック・パンタンゴから電話があったの。彼女、もうこの話には興味がないっていってきたわ。理由はいおうとしなかった。でも、これで候補はあなただけよ」

「ジャック・パンタンゴが女性だって、知ってたのかい?」

「もちろん、〝彼〟が女性だって知ってたわ。だって、あたしの顧客のひとりよ」

「まったく。どうしていってくれなかったんだい?」

「どうしていわなくちゃならないのよ? それがあなたにどう関係してくるっていうの? なにはともあれ、あなたにこの仕事はこなかったわ」

その宣告に対しては、どうしたって不機嫌で憮然としていて不適切なことしかいえそうになかったので、わたしはそうした。「どうしてだい？　たったいま、きみは自分でぼくの書いたものを気に入ったっていったじゃないか！　なにが問題なんだ？　こんなの不公平だ！」

「なにが問題か？」マイラがこちらにタイプ原稿を押しだした。「あたしが望んでいたのは、〈ルーファス神父〉もののあらすじと三章分の原稿よ。あなたが書いてきたのは、〈ルーファス修道士〉ものじゃない」

「ぼくは……え？」

「あたしが欲しいのは十六世紀のエクセターじゃない！　十五世紀のバースよ！　欲しいのはエスター・ゴードン・フラムリンガムであって、エドナ・ウィリアムス・ディキンソンじゃないわ！」

ちきしょう。わたしは間違った探偵の原稿を書いてきてしまったのだ。もちろん、誰にでも起こりうるミスだが、それではあの思い出はいったいなんだったのだろうか？　あの鮮明で完璧な思い出は？　本を手にして暖炉のそばにすわっていた父親。本。暖炉。父親。それらはまだ、はっきりと記憶に残っていた。

「おっと」わたしはいった。「でも、問題ないさ。時代と場所を変えて、とにかく〈ルーファス神父〉ものにしてしまえばいい」

「それじゃ詐欺だわ。いいえ、けっこうよ。どのみち、あなたがこの仕事を手にいれていたら、いおうと思ってたことがあるの。だから、いまここでいっておくわ。カンター社はエスター・ゴードン・フラムリンガムをあともうすこしつづけることに決めたの。だから、ビッグ・チャンスはなしよ」

「どういう意味だい？　つづけるから、チャンスはないって？　まさにそれだからこそ、チャンスがあるんだろ！」

「あとひとつ、ちょっとしたことで、まだいってなかったことがあるの。じつは、本物のエスター・ゴードン・フラムリンガムは十六年前に亡くなってるの。カンター社がエスター・ゴードン・フラムリンガムの代作者をさがしているという話をしたとき、正確にはエスター・ゴードン・フラムリンガムの代作者のかわりをさがしているというべきだったかもしれないわね。その代作者が、この十五年間つぎつぎと本をだしていたというわけ。でも、いままた出版社は心変わりをして、このまま現状維持でいきたがっている。残念だわ」

「エスター・ゴードン・フラムリンガムは十六年前に亡くなってた？」

「彼女の肉体はね」

「家族は知ってるのかい？」ある意味では、わたしはほっとしていた。わたしは〈ルーファス修道士〉シリーズの大ファンだったが、〈ルーファス神父〉シリーズにはなんの思い入れもなかったのだ。そのとき、あるアイデアが浮かんできた。「なあ、こういうのはどうかな？　現代のハイゲートに住む五十代の処女の女性で、左膝に関節炎をかかえながら、パートタイムで不動産鑑定士をしてるんだ」

「パートタイムの不動産鑑定士といった？　なぜって、もちろん、あなたも知ってるだろうけど、ロッド・ビンクスの〈ドナ・ケーブル〉シリーズがあるからよ。でも、たしか彼女はフルタイムの……」

「こっちはパートタイムだ。間違いない」わたしはいった。

「そうねえ。なかなか面白そうだわ。ついにあなたも鉱脈をさぐりあてたのかもしれないわね。あらすじとはじめの三章を書いてみてもらえないかしら？」

万事順調（いまのところは）
Things Are All Right, Now

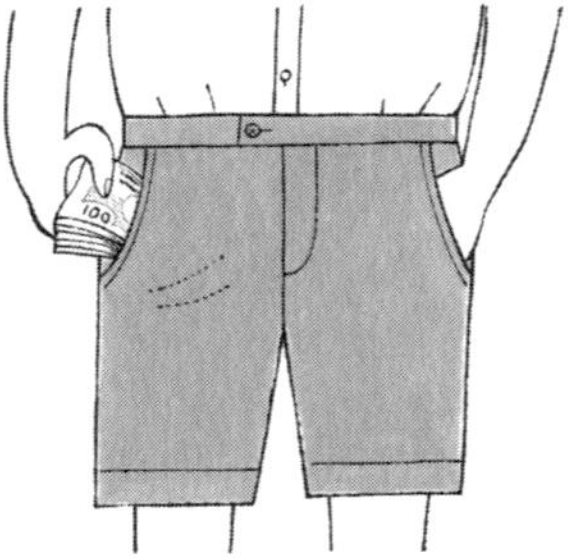

やつを見かけたのは、クリスマスのすこしあとの日曜日の午後のことだった。シドニーは夏で、しばらくまえから雨が降っていなかった。雲ひとつない薄青色の空の下、週末の午後遅くのスモッグが大都市の摩天楼をつつみこんでいたが、日が西の山なみのほうへかたむくにつれて、それもやや薄らいできていた。

港にある歩行者用の広場では、大勢の観光客がのんびりといきかっていた。わたしはお役所の管理する灌木《かんぼく》の垣根のまえで公共のベンチに腰かけ、ぼんやりと世界をながめながら、一時間ほどひまをつぶしていた。クリーム色と緑色に塗られた旅客フェリーが岸壁を離れ、港内に姿をあらわした。勢いをつけようとエンジンが奮闘しており、うしろで水が激しくかきまわされているのがわかった。そのむこうのベネロン岬には、オペラ・ハウスが見えていた。白いタイル張りの扇形の屋根が、空にくっきりと浮かびあがっている。わたしのうしろにあるのは現代美術館で、いまはアメリカからはこばれてきたトラック一、二台分のアンディ・ウォーホルのがらくたが展示されていた。靴とか、デザイナー・バッグとか、スープ缶とか。つまらないものほど長持ちするということの証明だ。

港のそばの歩道のあちこちに大道芸人がくりだしてきていた。それぞれの芸の魅力にはばらつきがあったものの、とにかく全員がこのリラックスした週末の観光客たちの財布のひもをゆるめようと努力していた。たいてい大受けするのは南米音楽を演奏するギター楽団で、七歳のこぎれいなヴァイオリン奏者より稼ぐこともしばしばだった。目先の変わった出し物にも人気があった。わたしの右手のほうにある手すりのそばでは肌を灰色に塗った女性が移動式の台座の上に立ち、威厳と博愛に満ちた自由の女神のポーズをとっていた。身体が溶けてしまいそうなくらい厳しい日差しのもとでも微動だにせず、ブリキ缶にちゃりんと硬貨が投げこまれたときだけ、堂々たる態度でお辞儀をして感謝の念をあらわしている。左に目をやると、そこでは道化の衣装を着たくたびれた曲芸師が、失敗してボールを落とすたびに平気な顔をとりつくろってみせるのに忙しかった。なかでも最高かもしれないのは——いちばん大胆であるのは間違いない——十ヤードほど離れたところでロバの着ぐるみ姿でよつんばいになっている若い男だか女——どちらかはよくわからない——だった。その漫画っぽい感じのロバは、可愛らしいくりっとした目と突きでた歯、それに首にまいたいくつもの小さな鈴の音で、なんなく小さな子供たちの関心をひきつけ、ひいては両親のポケットから小銭をひきだすことに成功していた。

そうやって、わたしがこの出し物の単純さとそれに必要な忍耐——炎天下のなか、息のつまるような着ぐるみ姿でよつんばいでいつづけるのだ——に感心してすわっていたときだった。わたしの目に、ニック・サイクスの姿が飛びこんできた。すぐには、やつだとわからなかった。サーキュラー・キー駅のほうから歩いてくる三人の乞食のような若者たちのひとり。かれらは観光客の流れのなかで完全に浮いていた。もうひとりの男は三十歳くらい。赤毛で、ひげをはやし、ニューエイジっぽいぼろ服を着ている。はだしで、やせており、色あせた紫のジーンズに薄茶色のVネックのベストという恰好だ。無精ひげに覆われた顔は赤みがかっており、酒瓶を茶色い紙袋にいれてもっていた。女はおない年くらいで、ぽっちゃりとしたブロンド。青いジーンズにサンダルをはき、くたびれた虹色のトップスだった。

サイクスはといえば……これは、めったにない機会だった。見かけても知りあいだと気づかずにいたために、気づいた瞬間にどっと甦《よみがえ》ってくるさまざまな記憶や連想に邪魔されることなく、ふたたび初対面のときのような目で相手を観察する機会をあたえられたのだ。

まずは、栄養状態が良さそうに見えた。顔がややふっくらとしており、むっちりした赤い唇がその印象を強めていた。上腕と太ももにわずかなたるみ。癖のない茶色い髪の毛はふさふさしているが、肩よりずっとみじかい。服装は、三人のなかでいちばん特徴がなかった。青と白の安っぽいゴムぞうりに、ぶかぶかの灰色のショートパンツ。それも、スケートボードや野球帽とよく組み合わされている膝丈のいまっぽいやつではなく、父親の世代がむかし芝生を刈ったりどぶをさらったりするときのために買っていたようなショートパンツだ。桃色のランニングシャツは、腹のあたりでゆったりとはためいていた。

たまたま三人は十五フィート先で立ちどまり、わたしの視界からロバの姿を隠した。三人はなにかを話しあっていたが、内容まではわからなかった。サイクスが途中でサングラスをはずし、あたりを見まわした。一瞬、わたしたちの目があった。あいつだとわかったのは、そのときだった。ヘロインを常用していると年をとらない、とまえに聞いたことがある。もしかすると、それはほんとうなのかもしれなかった。なぜなら、サイクスは二十五歳のころからまったく年をとっていないように見えたからである。そして、わたしはやつがいまではすくなくともそれより八歳は年上であることを知っていた。

やつは腕時計にちらりと目をやると、ふたたびなにかいい、連れにむかってうなずいた。それから、ほかのふたりが歩み去ると、こちらにきて、わたしの隣の空いたところにすわった。

このときの感情を正確に説明するのは、むずかしい。すこしまえまで、わたしは目のまえをとおりすぎる人びとをぼうっとながめ、シドニーの夏の午後のぬくもりにひたって、うとうとしかけていた。だがいまは、さまざまな考えが頭のなかを駆けめぐり、みぞおちのあたりに噴きだしてきたアドレナリンがそれに拍車をかけていた。すぐに強烈な怒りと、憎悪にも似たどんよりとした苦々しさがこみあげてきた。だが、それと同時に、不安と恐怖も感じていた。サイクスはここでなにをしているのだろう？　こんなふうにそばに腰をおろしたりして？　わたしの人生にもどってきても歓迎されないことくらい、わかっているだろうに。

だが、サイクスはゆったりとうしろにもたれかかると、両腕をひろげてベンチの背もたれにのせた。もうすこしで左手がわたしに届きそうだった。やつは右手でショートパンツから煙草の箱をひっぱりだし、ふたをあけた。唇をちかづけて、箱から一本くわえだす。それから、むきなおって、こちらをまっすぐみつめた。ふたたび電流がわたしの背骨を駆けおりていった。わたしにできるのは、やつの目をみつめ返すことくらいしかなかった。ゆっくりと首をまわして、やつとむきあう。身体が震えだすのがわかったが、サイクスは煙草が地面に落ちないように口を結んだまま、ほほ笑みかけてきただけだった。腫れぼったいまぶたをした大きな目でしばらくこちらを見てから、こういう。

「火、あるかな？」

「え？」

「火だよ」やつは肩をすくめて、両手で自分のショートパンツのポケットを叩いてみせた。

こちらがわかったのだから、相手もこちらの正体に気づいているだろう、とわたしは勝手に思いこんでいた。だが、やつと最後に顔をあわせたのは八年前のことだったし、やつの外見がほとんど変わっていないのに対して、わたしのほうはそういうわけにはいかなかった。なかなかビールの量を減らせずにいて、三十代なかばになろうとするいま、体重が十二、三キロは増えていた（その変化は数週間のあいだの出来事に思えたが、実際にはこの一年くらいのことだろう）。髪の毛も薄くなってきていた。その進行具合に驚く人もいるかもしれないが、わたしにいわせれば〝蛙の子は蛙〟というだけのことだ。もうひとつ考えられるのは、この八年間にサイクスがかなりの量の脳細胞を失っているという可能性だった。もしかすると、わたしのことなどきれいさっぱり記憶から消え去っているのかもしれない。ヤク中の良心とならぶ、もうひとつの欠落部分というわけだ。

自分に選択肢があるのがうれしかった。とどまるもよし、立ち去るもよし。そのまなにもいわずに立ちあがって離れていくこともできたが、わたしはそうはしなかった。もしかすると、やつに思いださせたかったのかもしれない。わたしはシャツのポケットに手をいれ、オレンジ色の使い捨てライターをとりだした。やつがまえに身をのりだすのにあわせて親指でホイールをまわし、圧縮ガスをだしながら火花を散らす。炎がたちのぼり、やつの煙草の先端に火がついた。ちらりと見えたやつの腕の内側は、あたらしい注射針の跡だらけだった。

「わりいな」

「とんでもない」わたしはライターをポケットにしまいながらいった。その口調に、隠しきれないなにかがあったにちがいない。というのも、サイクスがふたたびこちらに注意をむけたからである。だが、やつはそれをとりちがえていた。わたしの声がにごった感じになったのは、港の広場のおなじベンチですわっているのがやつとわたしだからであることに、まったく気づいていなかった。自分が煙草をすすめなかったのでわたしが腹をたてている、と勘違いしていた。

「おっと、こいつは失礼」やつが煙草の箱を差しだした。「やるかい？」

わたしは一本とって、火をつけた。それから、やつといっしょになってベンチの背にもたれ、化学物質を吸いこんだ。大勢の人をのせたべつのフェリーがエンジン音を響かせながら港内にあらわれた。

ちょうどヤクが切れているときだったにちがいなく、サイクスは話をする気分になっていた。

「ここは、この町のお気に入りの場所のひとつなんだ」そういって、まるでカーテンをさっとあけて、日差しのなかできらめく港の青い水面を披露するかのように、大きく腕で前方をなぎはらってみせる。わたしはやつの視線をおい、やつが目にしているものを見た。たしかに、美しい光景だった。

「きょうみたいな日には、いま自分がもってるものに感謝したくなるよな、だろ？」相手をひきこむような笑みを口の片隅に浮かべて、サイクスがいった。

「気持ちのいい日であることは間違いないな」わたしはいった。「暑いのは好きでね」

「それじゃ、暑さに強いんだ？」そういいながら、サイクスがゆっくりとうなずく。

「おれもさ。どんなに暑かろうと、かまわない。なにをしても眠れないって夜があるだろ？　頭のてっぺんから足のつま先まで汗びっしょりで、それが真夜中から夜明けまでつづくって夜が？　それこそが、おれの夜だ」

「寒いのも悪くない」サイクスがどうこたえるだろうかと漠然と考えながら、わたしはいった。

「身がひきしまるように寒い冬の朝か？　真っ青な空に太陽がのぼって、空気が肌にぴりっとくるような？　ああ、それにまさるものはないね」

「暑い夏の夜をのぞいては」

「なあ、どっちも最高さ、だろ？」サイクスが笑いながらいった。自分でも驚いたが、わたしもいっしょになって笑っていた。相手がどういう人間であろうと魅力は魅力であり、それは気がつかないうちにこちらの防御をすり抜けてくる。そして、やがてはその防御をおろさせてしまうのだ。かつて、わたしはやつに好意をもっていたが、ふたたびそうなりたいとは思わなかった。そこで、足のあいだの地面に煙草を押しつけて火を消したとき、その光る先端がやつの目の奥のきらめきであると想像した。そして、吸殻を拾いあげると、指のあいだでころがしてから、肩越しにうしろの灌木にはじきとばした。

「誰かを待ってるのかい?」サイクスが訊いてきた。

「〈オリエント〉で友人たちと会うことになってる。すこしはやくつきすぎてね。日光浴をするには最適の日に思えたんだ」ここで言葉をきる。「考えごとをするには」

「そいつは、いくらやってもやりすぎるってことはない」サイクスがいった。

「ああ、やりすぎないかぎりは」

そのとき、やつが眉をくもらせた。

「おれとダチは」視線を港の広場から連れのふたりが立ち去ったハーバー・ブリッジのほうへとやりながらいう。「北に帰ろうとしてるところでさ」

「へえ?」

「そうなんだ……」

その場で思いつくままに語られた身の上話によると、やつはクイーンズランドの出身ということだった。もちろん、実際にそうである可能性はあった。わたしはずっとサイクスをシドニーっ子だと考えていたが、それは本人がそういっていたからにすぎない。やつとその友人たちは——サイクスはふたりをモニカとケヴと呼んでいた——二日前の晩にキングス・クロスでおいはぎにあい、有り金をすべて失っていた。それも、かなりの金額ということだったが、実際の被害額をでっちあげるところまではいかなかった。

「それで、正確にはいくらとられたのかな?」

「たんまりとさ」深刻な口調でいって、サイクスがため息をつく。

「そいつは大変だな」

「まあ、そういうもんさ」

「それで、どうするつもりなんだ?」

「ヒッチハイクするよ。ブリスベンまでいく車は、いくらでもあるから」

「とりあえずは、ひと安心だな」

「ああ。ただ、問題なのは……なあ、こんなことといったら、おれに対する評価ががた落ちになるのはわかってるが、おれたち、今夜の食料を買う金さえないんだ。ふだんなら、こんなこともちだしたりしないんだが、ほんとうに困っててさ」

じつに楽しめる状況だった。

「いくら必要なのかな?」わたしはたずねた。

「二十ドルとか?」やつが申しわけなさそうな口調でいった。

つまり、ちかごろではヤクを一発やるのにそれだけかかるということだ。それほど高いとは思えなかったが、わたしになにがわかるというのか? そのとき、脳裏に妹の姿が浮かんできた。肉体的にも精神的にもぼろぼろになり、金をすべてニック・サイクスの腕に吸いあげられてしまった妹。そして、その金がなくなると——何千ドルという金があの魅力あふれる男とその偽りの愛によって吸いあげられると——やつもいなくなった（たしかに、その愛は妹が想像しただけのものだったが、妹はそれに応えて、愛をやつの空虚のなかへと——やつが夢中になっていた麻薬注射で日々満たされていた空虚のなかへと——注ぎこんだ）。わたしがサイクスを見たのは、それが最後だった。やつがわたしたち兄妹の実家のドアから出ていったときが。妹の空っぽの銀行口座から立ち去り、あとに滂沱《ぼうだ》の涙と海のような喪失感を残していったときが。

数秒のあいだ、わたしは考えていた。いまここでサイクスの顔を殴り、それでやつが広場に倒れたら、たっぷりと蹴りを食らわしてやることもできた。自分の足がやつの顔にめりこむところを想像するだけで、つま先がうずくのがわかった。むこうからやってきたそのチャンスをみすみす見逃すのは、あまりにも惜しかった。だが、万にひとつとはいえ、それよりもっと大きなダメージをあたえられるかもしれず、わたしとしてはそちらの可能性に賭けずにはいられなかった。

わたしはポケットから財布をとりだした。

「ほら、百ドルやるよ」

「まじかい?」サイクスは貪欲すぎて、疑ってもいなかった。だが、それでもわたしは説明しておく必要があると感じた。

「ちょうどスロットマシンで大もうけしたところでね」わたしはにやりと笑った。今度は自分が作り話をする機会をあたえられたわけで、そのことを楽しんでいた。財布から緑のプラスチック製のお札をとりだして、指のあいだでこすってみせる。「いまのわたしにとっては、こんなのははした金さ」

その百ドル札をつかんでショートパンツのポケットに押しこんだとき、サイクスの口の端によだれがついていたことは誓ってもいい。それから、やつは最後にもう一度、わたしを見た。やつがこういうとしたら、あとはもうここしかなかった。「あんた、まえにどこかで会ってないか?」もしくは、「おい、あんただって、最初からわかってたぜ! おれがだまされるとでも思ってたのか? ほんと、あんたの妹をすっかり食い物にしちまったよな、だろ? たしか、あんたにもつらい思いをさせたはずだ」だが、やつはなにもいわなかった。わたしは腕時計に目をやった。

「もういかないと」そういって、立ちあがる。

「ああ、そうか」サイクスがうわの空でいった。すでに頭のなかは今夜のお楽しみのことでいっぱいなのだ。「なあ、ほんと、恩に着るぜ」

可能性は小さいが、わからないではないか。やつは一度にすべてを注ぎこむかもしれない。

フランクを始末するには
Taking Care of Frank

フランク・ヒューイットは、そんじょそこらの有名人ではなかった。ひとつには、彼には才能があった。もうひとつには、彼にはそれほどの才能がなくても問題にならないだけの〝定義しがたい資質〟がそなわっていた。彼はスターだった。カメラは彼を愛したし、彼のほうもおなじくらいカメラを愛した。その結果、カメラが撮るものならなんでも愛したがる一般大衆も彼を愛することができたし、彼からも愛されているように感じることができた。それだけではない。めったにないことだが、彼は媒体に関係なく魅力を発揮できた。その声はごくありきたりで耳に心地よく、彼が歌うミュージカルやポピュラー音楽の名曲は必ず大ヒットした。そのうち映画にも出演するようになり、何本もの大当たりした二流映画で主役をつとめた。その過去は興味をそそられるようないかがわしさに満ちていたが、それでも本人は魅力にあふれ、誰からも好かれていた。ビールの広告もやっていた。

フランク・ヒューイットの唯一の問題点は、まだ生きているということだった。しかも、その人生はかなり長くつづいていた。エンターテインメント業界の重鎮たちのあいだでは、それに対する失望感がしだいにふくらみつつあった。大酒のみで、ヘビースモーカーで、ショービジネスの世界で乱行のかぎりをつくしてきたにもかかわらず、どういうわけか彼は癌とも心臓発作とも脳卒中とも縁がなく、無事に七十三回目の誕生日を迎えていた。どうやら、八十代まで生きるつもりのようだった。

彼の代理人《エージェント》――そして、おれのでもある――ハリー・シュメルツマンは、こうしたことを電話でくどくどと説明した。

「おかげで、こっちは大迷惑さ」ハリーはいっていた。「トリビュート番組を企画してるCBCの連中から、やいのやいのといわれてるんだ。それだけじゃない。伝記映画が準備されてる。テレビ用が二本と、劇場用が一本。《ヒューイット物語》、《フランク・ヒューイット／ザ・ストーリー》、それに《フランク・ヒューイット・ストーリー》だ。もう契約ができてる。ところが、フランクが実際におっ死ぬまで、連中は本格的な製作にとりかかれない。暴露ものもある。非公式の伝記が六冊と、スキャンダルてんこ盛りのテレビ用映画が二本。さらには、アートシアターでのリバイバル上映や旧作のビデオ・リリースも予定されてる。最近のベガスでのショーのテープやC

D、ボックス・セットや編集盤《コンピレーション》の発売は、いうまでもない。それに、いいか。インターアクティブのCD-ROMまで待機中なんだ。これまでの全作品のリストとくだらないコンピュータ・ゲーム、それにフランク・ヒューイットについてのクイズがはいることになってる。それ以外にも、高級紙やゴシップ紙に掲載される何百っていう〝天才フランク万歳〟の提灯もち記事があるが、それだって、やつがくたばらなきゃ話がはじまらない。つまり、どういうことかわかるな。こうしたくだらない商品はすべて、フランクが死んだほうがよく売れるんだ」
「でも、フランク・ヒューイットはもういい年だ」わたしはいった。「自然に亡くなるのを待てないのか？」

「待つ？　どうして待たなきゃならない？　大勢の人間が長年にわたってフランクのキャリアに大金を注ぎこんできた。やつがこんなに長生きするなんて、誰も知らなかったんだ。知ってりゃ、そもそもそこまで投資しなかったかもしれない。いいかげん、連中にもそれなりの報酬を手にする権利があるとは思わないか？　連中がまだ生きて楽しめるうちに。いいか、ベンディック。フランク・ヒューイットが死んだら、そのあとの総収益の一部がおまえにも歩合ではいるようにしてやる。おまえがやつをかたづけてくれたらな」

「その歩合とやらは、顕微鏡でなきゃ見えないくらいのものなんだろ、ハリー。あんたにもわかってるはずだ」

「そりゃ、歩合はたしかにスズメの涙ほどかもしれないが、最終的な金額はかなりのものになる。そして、おれはその稼ぎのなかから歩合をいただく。だから、おまえのためにもうけ仕事をとってこようとするおれのやる気に、これ以上、水を差さないほうが賢明だぞ」

それだけではないだろう。きっとハリーは、どこかから自分だけの特別な口利き料をもらっているはずだった。フランク・ヒューイットが毎年稼いでくる大金の十パーセントの歩合をよろこんで犠牲にするくらいの口利き料を。

「フランクは大物だ、ハリー」わたしはいった。「超大物といっていい。いつもよりも外からの追及が厳しくなるんじゃないのか？」

「かもしれない。だが、秘密は業界内にとどまる。誰が関係していようと、どんな事件だろうと、それに変わりはない。そうでなくちゃならないんだ。そいつは知ってるだろ。ことわる口実をさがすのはやめろ」

「でも、おれはフランク・ヒューイットのファンなんだ」わたしはいった。「親父もそうだった。おれの爺さんなんて、夢中だった」

「まったく、ベンディック、みんなフランク・ヒューイットのファンさ。そこが肝心な点だろ。みんな、やつを愛してる。どうして、やつにあれだけ人気があると思ってるんだ？　だが、業界にはカンフル剤が必要だ。ここしばらく、エンターテインメント界では巨星が墜ちていないからな。いいか、やるか、ことわるかだ。この仕事をおまえのところにもってくるのに、えらく苦労したんだぞ。いつだって、ほかにふれるんだ。グレブとか、ザボウスキーとか……」

「いや、わかった」わたしはやや渋りながらもいった。「やるよ。彼だって、ファンにやられるほうがいい、だろ？」

「その意気だ、ベンディック」ハリーがいった。「それから、きちんと殺しに見えるようにしろよ。そのほうが、マスコミのあつかいが大きくなる」


一時間後、レオ・ザボウスキーから電話がかかってきた。そのうっとうしい声は、すぐにわかった。

「ベンディックか？　ザボウスキーだ」

「わかってるさ」わたしはいった。

「フランク・ヒューイットの仕事を受けたんだってな」

「どうやって知ったんだ？」

「悪い知らせははやく伝わるってやつかな」ザボウスキーの口調には、まったく嫉妬が感じられなかった。そして、それはやつらしくなかった。「おまえがその仕事を手にしたのは、シュメルツマンがおまえの代理人であり、同時にフランク・ヒューイットの代理人でもあるからだ。そのことは、わかってるよな？」

「たしかに、そうかもな、ザボウスキー。だが、自分にこう問いかけてみるといい。どうしてシュメルツマンはハリウッドで最大の代理人のひとりなのか？　それは、おまえみたいな雑魚《ざこ》には舟ざおでもふれないようにしてるからさ」

ザボウスキーが笑った。それは、わたしがもっとも好きでない音のひとつだった。

「おい、大丈夫か、ザボウスキー？　自分の痰で喉を詰まらせてるような音をたててるぞ」

「そいつは笑えるな、ベンディック。とにかく、よく覚えておけよ。ここ数年、おまえは大スターを相手に働いてきたかもしれない。けど、おまえの時代はもう終わりにちかづいてる。この業界には、あたらしい血が求められているんだ」

「そのまま夢を見つづけてろよ、ザボウスキー。世界にはいつだって夢見る人間が必要だからな。フランク・ヒューイットの歌にもあるように」

「まあ、ほざいてろ」ザボウスキーがそっけなくいった。やつの辛辣《しんらつ》な言葉は、それが精いっぱいだった。

それから、われわれはどちらも相手が先に電話を切るのを待った。ついにやつがしびれを切らして、受話器をそっとおいた。

フランク・ヒューイットの豪邸〈シーダー・グローヴ〉は、ヴァレーの先のヒルズにあった。誰かが――おそらくはフランク自身が――ヒマラヤスギ《シーダー・グローヴ》の木立の一部をずっとまえに伐採させて、九ホールのゴルフコースと数面のテニスコートを作らせていた。二階建ての白い家は、平均的な家族には大きすぎるがハリウッドの生ける伝説にはぴったりで、常緑樹を背にしてゆったりとかまえていた。

フランク・ヒューイットの四番目の妻クラリッサが、玄関ドアでわたしを出迎えてくれた。彼女の写真は、ゴシップ紙でおなじみだった。すらりとした肢体。そのブロンドの髪は、地毛という可能性もなくはない。顔にはつねにつんとした無頓着な表情が浮かんでおり、富とそれにつきまとう退屈さをあらわしていた。だが、彼女にはまだ十代の面影が残っていた。二十代になってから、まだそれほど日がたっていないせいかもしれない。

「スタン・ベンディックかしら？」

「そうです」

「自分の銃をもってきたの？　それとも、うちのを貸す？」彼女はわたしをタイル張りの大広間に招きいれると、カーブを描きながら上がっていく広い階段ののぼり口へと案内した。まわりは芸術作品だらけだった。モネ、エプスタイン、ピカソなどなど。それらは、クラリッサとライバルの元妻たち、さらにはまえの結婚でできた八人だか十人だかの子供たちによる争奪戦がはじまるのを、辛抱強く待っていた。

わたしはジャケットの上から肩掛けホルスターを軽く叩いた。

「たまたま、自分のをもってきてるんで」

「けっこう。フランクは二階にいるはずよ。左側の三番目のドア。ちゃちゃっとかたづけてもらえるかしら？　四十五分後に美容院の予約がはいってるの」

「その髪、いまのままで素敵ですよ」わたしはいった。

彼女は気むずかしげな笑みを浮かべてみせた。「一応、お礼をいっておくわ。でも、あなたになにがわかるっていうの？」ほかの誰かに無礼な態度をとるために立ち去りかけたところで、彼女は一階の残りの部分につうじているドア口でふたたび足をとめた。「忘れないで。左側の三番目のドアよ。二番目じゃなくて、三番目」

「三つまでは数えられます」わたしはこたえた。

「それはよかったわね」


ドアには鍵がかかっていなかった。フランクはなかにいた。

彼はこちらに背中をむけてすわっており、背もたれの高い茶色の革製の椅子のなかでうとうとしていた。椅子は幅のある透きとおった窓のまえにおかれていて、そこからヴァレーを見晴らすことができた。くねくねとここまでのぼってくるアスファルトの道路が見えている。ここはあきらかにフランク・ヒューイットの部屋だった。落ちついた感じの青い絨毯《じゅうたん》はフラシ天だし、浮き彫りの黒っぽい壁紙は3D仕様といってもいいくらいだ。磨きあげられたガラスの奥におさめられた額装の映画のポスター。時代遅れになったゴールド・レコードやプラチナ・レコードの数かず。テレビとビデオデッキの隣の棚には、ビデオテープや写真集やハードカバーの本がずらりとならんでいる。窓の反対側の壁には隣の部屋につうじるドアがあり、その閉まったドアのそばには小さな三本脚のテーブルにのった電話があった。

後頭部でさえ、有名人っぽく見えた。いまこの場で撃ってもよかったが、相手はわたしの祖父がデートで祖母とスローダンスを踊ったときの曲を歌っていた男だった。

わたしの父が子供のころに映画館のうしろのほうの席で観た映画に主演していた男だった。ここ数年のあいだに、わたしは数多くのスターを永遠に引退させるという栄誉を担ってきた。だが、フランク・ヒューイットほどの大物はひとりもいなかった。わたしは彼の顔が見たかった。ぶ厚い絨毯を踏みしめるわたしの靴は、まったく音をたてなかった。

椅子にすわっている彼はレモンイエローのテリークロスの部屋着姿で、格子《こうし》縞《じま》模様のスリッパをはき、ヘッドレストに頭を斜めにもたせかけていた。呼吸は浅かった。ハンサムだったことは一度もなく、年老いたいま、腹は突きだし、丸みをおびた顔はしわだらけでやつれていた。だが、こうして休んでいるときでさえ、彼は実物よりも大きく見えた。これはわたしのお気に入りの持論なのだが、大衆の目にさらされている人物というのは、自分にむけられる異常なまでに大きな関心——なんだったら、集中した精神エネルギーのようなものといってもいい——の残滓《ざんし》をたっぷり吸収するのではなかろうか。そして、そのエネルギーが、今度は有名人から大衆にむかって反射される。これは無意識のうちに絶え間なくおこなわれているプロセスで、そのせいで人は有名人とじかに会うと、いつでも相手が別世界のどこか誇張された存在に感じられるのだ。つまり、それが〝スター〟ということになる。カメラを持参すればよかった、とわたしは後悔しはじめていた。

　だが、スターにぼうっとなっていてもしかたがなかった。ことがやりにくくなるだけだ。目をさますまえに、彼を始末しなくてはならなかった。わたしは自分のリボルバーをとりだすと、位置を決めた。そのとき、彼がぱっと目をひらいて、こちらを見た。彼は眠ってなどいなかったのだ。

「あの、どうも、ミスタ・ヒューイット」わたしは銃の照準をおろしながらいった。

「フランクでいい」

「フランク」

「スタン・ベンディックだな？」

「えーと、そうです」

「きみのことは耳にしていたよ、ベンディック」

「そうなんですか？」フランク・ヒューイットがわたしのことを耳にしていた？　悪い気はしなかった。

「みんな知ってるさ。きみや、そのお仲間のことは。スターだからといって、馬鹿なわけじゃない。われわれは、なにがおこなわれているのかを知っている。きみたちがどこに住み、どんな外見をしているのかを。誰を始末してきたのかもだ」

「なんというか、その……」わたしは言葉につまった。「光栄です、ミスタ・ヒューイット……いえ、フランク……つまり……」

「クラリッサとは会ったか?」

「え?」

「クラリッサだ。わしの妻の」

「ええ、会いました。素敵な若い女性だ。きっと彼女のことをすごく愛して……」

「あの女はあばずれだ。まえの妻たちよりもひどい。あの女には内緒だが、じつは彼女の名前を遺書からはずしてある。もちろん、あの女は異議をとなえるだろう。もしかすると、裁判で勝ちさえするかもしれない。だが、自分はびた一文もらえないと知ったときに、あのむかつく顔が怒りとわがままでゆがむかと思うと、楽しくてな」彼は笑ってから、その太くてみじかい指をこちらにむけた。「名声について、ひとつ教えておこう。どんな名声もたまたま手にはいるもので、例外なく悲惨な結末に終わる。わしは愛のない結婚を四度し、わしを憎むか恐れている子供たちを九人もうけた。あれだけ金を稼いできたにもかかわらず、それはこれっぽっちの喜びも満足感もあたえてくれなかった。しあわせを感じたことがあるとすれば——そして、その機会はあまり多くなかったが——それはスターでなくても手にいれられるものから得たしあわせだった」

　わたしは手にしている銃をもちあげた。

「こういう見方もできるんじゃないですかね。あなたが死ねば、ほかの大勢の人たちがしあわせを得ることになる」

「きみがいってるのは、あの強突張《ごうつくば》りの大物連中のことか？」彼が苦々しげにいった。「スタジオやテレビ局のお偉方、そしてそのまわりを糞にまとわりつくハエみたいに飛びまわってる血も涙もない寄生虫どものことか？　この薄汚い業界をますます薄汚くしている連中か？」

「もちろん、かれらもですが、わたしがいってるのは、通りにいるふつうの人たちのことです。舞台裏でほんとうはなにがおこなわれているのか知らずに、あなたを尊敬している人たち。あなたが亡くなれば、ファンはさらにあなたを愛すでしょう」

　彼が眉をあげた。「そう思うか？」

「もちろんです。エルヴィス・プレスリーがいい例だ。ジョン・レノンしかり。ダイアナ妃も。彼女があの世にいったあとで、突然、何百万という人たちが、自分がどれほど彼女を愛していたのかに気がついた。彼女のことなどほとんどなにも知らなかった人たちが！」

「なかなかいい点をついてるな、ベンディック。死んでもかまわないとわしに思わせるだけの力はないが、それでもいい点をついてる」

「どうも、ミスタ・ヒューイット……じゃなくて、フランク……」

遠くでヘリコプターのぱたぱたというローター音が聞こえていた。ヴァレーを上昇してきている。それ以外は静まりかえっていた。わたしはふたたび銃をもちあげた。

「実行するまえに、テレビのニュースを見たほうがいいんじゃないかな」フランクがいった。

「あなたさえかまわなければ、町に帰る途中で新聞を買うことにします」

「わしのためじゃなく、きみのためにいってるんだ」彼は肩をすくめると、床に手をのばしてリモコンを拾いあげ、椅子をくるりとまわした。そして、〝オン〟のボタンを押してチャンネルを変えていき、ケーブル・ニュース局にあわせた。小さな目をしたモダンな感じの無個性な女性の原稿読みが、経済がらみの嘘八百を読みあげているところだった。そのとき、彼女の耳に蚊がはいりこむか、プロデューサーから台詞が吹きこまれるかした。彼女はイヤホンをゆすって気がかりそうに顔をしかめてみせてから、カメラをまっすぐみつめた。

「たったいま、ニュースが飛びこんできました」という。「歌手で映画スターのフランク・ヒューイット氏が亡くなったという未確認情報がはいっています。くり返します。フランク・ヒューイット氏が撃たれたという報告がはいっています」それから、彼女のうしろのスクリーンにわたしの近影が映しだされて、わたしの朝を台無しにした。ニュースキャスターはつづけた。「警察は今回の射殺事件に関連して、逃走中の凶悪犯スタン・ベンディックを指名手配にして捜索しています。ベンディックは武装していて危険だと考えられており、警察は一般市民に注意を呼びかけています。安全が確保される状況にないかぎり、警察もこの男にはちかづかないことになっています。いまご覧いただいているチャンネルでは、これからの五日間、フランク・ヒューイットの回顧特集をおこないます。コンサートあり、家族、友人、知人、彼を知らなかった人たちへのインタビューあり、彼の素晴らしいキャリアをあらゆる角度から専門家が議論するパネル・ディスカッションありの盛りだくさんの内容です。ほかにも、視聴者電話参加番組、クイズなど、さまざまな企画が予定されています。なにはともあれ、まずは空撮班のネッド・デンヴァーソンにつないでみましょう。空撮班は、たまたまいまちょうどヒルズにあるフランク・ヒューイットの豪邸〈シーダー・グローヴ〉ちかくを飛んでいます……聞こえますか、ネッド？」

「ええ、聞こえます」ネッドの声が流れてきた。テレビの画面には、空から撮った九ホールのゴルフコースと大きな白い家が生中継で映しだされていた。「いまちょうど〈シーダー・グローヴ〉に接近中です。あたりは穏やかに静まりかえっています。伝えられているところでは、拳銃を所持した凶悪犯スタン・ベンディックがフランク・ヒューイットの頭に弾を五発撃ちこみ、血の海のなかに死体を残していったということですが、ここからはとても想像できません。フランク・ヒューイットの惨殺死体があると思われる部屋の様子をうかがうことができるかどうか、やってみたいと思います」

　事態はますますおかしなことになりつつあった。わたしは窓の外を見た。先ほどローター音が聞こえていたヘリコプターは、だいぶちかづいてきていた。それが家のほうにむかって舵を切るのがわかった。わたしは自分の手のなかにある拳銃に目をやった。それから、フランクに視線を移した。わたしはほんとうに彼を殺したのだろうか？　そうは見えなかったが、たったいまテレビでそういっていなかったか？

「あなたはどうして……？」

「二時間ほどまえ、ニュースの取材班が隣の部屋で機材を用意する音がした」フランクがいった。「クラリッサが連中をなかにいれたにちがいない。スターだからといって、耳が聞こえないわけじゃないんだ」

「隣の部屋にニュースの取材班が？」

「おまえさんははめられたのさ、ベンディック。おまえさんも、わしも」

彼のいうとおりだった。彼がリモコンでテレビを消すと、隣の部屋につうじているドアがあいて、レオ・ザボウスキーが銃を手にはいってきた。そのうしろから、ニュースの取材班がつづく。女性レポーターと音響係、それに手持ちカメラの技師からなるロケ隊だ。クリップボードを手にして耳のうしろに鉛筆をはさんだ若い男は、制作助手だろう。

きょうのザボウスキーは、いつにも増して見苦しかった。そのでっかいはげ頭からは汗が滝のように流れ落ちて、シャツの襟の染みにつぎつぎと吸いこまれていたし、ズボンはぶかぶか、靴は率直にいって磨いたほうがいいような状態だった。おまけにぴりぴりしており、何キロか体重を落とそうと努力しているとは聞いていたが、あいかわらず太りすぎだった。

「ザボウスキー、おまえ、もうちょっと見た目をどうにかしろよ」わたしはいった。

女性レポーターは二十代後半で、プラスチックっぽく見えるブルネットの髪をしていた。なんとなくテレビで目にしたことのあるような顔だ。彼女は革張りの回転椅子に平然とすわっているフランク・ヒューイットにちらりと一瞥《いちべつ》をくれてから、問いかけるようなまなざしをザボウスキーにむけた。

「彼、死んでないわ」という。

「申しわけない、ミズ・パクストン」ザボウスキーはしおらしくいった。だが、わたしに対しては牙をむいてみせた。「ほらな、ベンディック？　わかるか？　おれの思ってたとおりだ！　おまえはもうきちんと仕事をこなせない！　どうしてヒューイットはまだ死んでない？　その理由をいってみろよ！」

「おれたちは……その……おしゃべりをしてたんだ」わたしはいった。

「おしゃべりをしてた？　おしゃべりだと？　冗談はよせ、ベンディック！　さっさと撃つんだ！」ザボウスキーが乱暴に窓の外を示してみせた。「ニュース中継のヘリがもうすぐ到着するんだぞ！　生中継だ！　連中にヒューイットがまだ生きてるところを見られていいのか？　それじゃ、中継が台無しだ！」

　わたしの人生のなかでも、これはかなり奇妙な瞬間といえた。わたしは、自分がハリー・シュメルツマンにはめられたのを知っていた。自分がフランク・ヒューイットに不朽の名声をあたえたあとでレオ・ザボウスキーに撃ち殺される筋書きになっているのも。だが、ザボウスキーは機会を逃さずにわたしを撃ち殺し、そのあとでゆっくりフランクを始末することもできたのに、そうする気配をまったくみせなかった。わたしはやつの身体から発せられているメッセージに気がついた。そのたたずまいは、やつが安心しきっていることを示していた。まったく脅威を感じていないのだ。当然ではないか？　ニュースの取材班の隣に立っているのはやつであり、わたしではないのだ。やつは放送する側にいた。そして、ある幻想にとらわれていた――テレビや映画の世界にいる人間は一般人とはちがうルールで動く、という幻想に。わたし自身、筋書きにそって行動するという誘惑を感じていなかったわけではない。自分のために書かれた役柄を演じ、ゴールデンアワーへの登場を確実にする誘惑は、たしかにあった。手にした拳銃がぴくりと動いて、フランク・ヒューイットがすわっているほうへとじょじょにむかいはじめるのがわかったほどだ。だが、そのとき、もっといいアイデアが浮かんできた。わたしはザボウスキーの頭を撃った。

銃声は大きかったが、ぎょっとするほどではなかった。弾は中心をそれ、ザボウスキーの頭蓋骨の右上部分をごっそり削りとっていった。ザボウスキーのアホは、もうすこしで倒れそうになった。まごつきながらも興味深げに傷口を指でつつき、手をつたって流れ落ちていく血を不思議そうに見ていた。長いこと当然そこにあるものとしてとらえていた頭蓋骨が、突如としてなくなったのだ。

「ベンディック？」ザボウスキーがいった。「おまえ、なにをしたんだ？」

「どうやら、おまえを撃ったみたいだな、ザボウスキー」

「この大馬鹿野郎が！　自分が番組を台無しにしたのがわからないのか？」

「悪いな」わたしはいった。本心からの言葉だった。ふたたびやつを撃つ。今度は、やつも倒れた。いくらザボウスキーの面の皮が厚いといっても、二発も銃弾をくらってはひとたまりもなかった。

　ニュースが発生したいま、取材班は反射的に行動に移っていた。ブルネットの女性キャスターが指揮をとっていたが、わたしが思うに、彼女の手際はひじょうに良かった。彼女から耳もとでなにかささやかれた制作助手が、うなずいて電話をかけはじめた。彼女はザボウスキーの死体をまたぎ、つかつかと窓のところへいって、到着したヘリコプターがそのまえを通過する直前にカーテンをしめた。そして、取材班のメンバーにてきぱきと指示をあたえていった。

「ディック？　ハル？　死体と拳銃を撮ってちょうだい。それから、銃を手にしたベンディックのショットも。あと、椅子にすわっているフランクも。それがすんだら、両者のインタビューを撮るためのカメラとマイクのセッティングをはじめましょう」

　ディックとハルは命じられた仕事にとりかかった。ミズ・パクストンはわたしを値踏みするようにじろじろと見た。

「こういう筋書きでいきましょう」彼女がいった。「あなたは結局、逃走中のいかれ野郎スタン・ベンディックではないことが判明する。実際にはフランク・ヒューイットのごくふつうのおとなしいファンであるスタン・ベンディックで、たまたま〈シーダー・グローヴ〉にきていて、慈善オークションに出品するテディ・ベアにフランクのサインをもらっているところだった。さいわいにも、あなたは銃を携帯していた。そうでなければ、あなたは銃を手にした極悪人のレオ・ザボウスキーを阻止できないところだった。この男はつい最近、刑務所を脱獄してきた人物で、家に押し入り、フランク・ヒューイットを殺害して、このもっとも偉大なスターのひとりを世界から奪い去ろうとしていた」彼女は、電話にむかってまだしきりになにかしゃべっている制作助手のほうにうなずいてみせた。「いま、ミックがそのあたりを調整しているわ。もうすぐ番組で訂正が流されるはずよ」彼女はわたしにほほ笑みかけた。もうすこしで本物に見えそうな笑みだった。「あなたは英雄よ、ベンディック。ご感想は?」

「悪くないな。状況を考えると」

彼女はフランクのほうにむきなおった。

「ミスタ・ヒューイット? この事件のニュースとそれによって発生する副次的効果によって、あなたはまだまだ生きつづけることができるでしょう。あなたのご感想は?」

「あたらしい代理人が必要だと感じてるよ」フランクはいった。

そう感じているのは、彼だけではなかった。

ドアがあいて、クラリッサがはいってきた。

「銃声が聞こえたんだけど」彼女がいった。「なにも問題はない?」フランクの姿を目にしてつづける。「ああ、フランク。あなた、生きてるのね。ほんと、よかった」

「それと、あたらしい妻も必要かもな」フランクがいった。

「ミスタ・ヒューイット? フランク?」わたしはいった。「じつは、こうなるまえからお願いしようと思っていたことがあるんですけど、なかなか機会がなくて」

「なにかな、ベンディック?」

「あなたのサインをいただけませんか?」

契　約
The Deal

土曜日の朝、ご近所のロン・クイントーンがふらりと訪ねてきた。例の契約について、わたしがさらによく考えたかどうかを知りたかったのだ。たしかに、わたしはそれについて考えていた。実際、それ以外のことはほとんど考えていなかった。だが、やはり興味はない、とわたしは彼にいった。

「なにが問題なんだ?」彼はたずねた。

「問題なんかない」わたしはいった。「ただ、やりたくないだけさ」

わたしたちは居間にすわっていた。一日のこの時間帯、奥にならぶ大きなガラス戸からは日がさんさんと差しこんでおり、居間は明るかった。先週末、わたしがきれいにしたガラス戸だ。じつをいうと、家じゅうの窓をきれいにしていた。この三カ月で、二度目だ。それは時間をつぶすのに役立ってくれていた。

ロンはソファの上でまえに身をのりだしていた。本棚のそばの肘掛け椅子にすわるわたしとは直角の位置にいて、肘を膝にのせ、手を組んでいる。背はそれほど高くないが、がっしりとした身体つきで、たくましかった。単純な男の顔をしていて、そのまなざしはいつでもまっすぐだった。だが、この半年間で彼は大きく変わっていた。いまでは髪の毛に白いものがまじっていた。

「金のためじゃない」ロンがいった。「おれとジルにとっちゃ、金はどうだっていいんだ」

「それじゃ、受けとらないんだ」わたしはいった。

彼がわたしにむけたまなざしは、それほどまっすぐではなかった。それから彼は話題を変えた。

「マイク・アージェントから連絡は？」

「きのう、電話があった」

「なんていってた？」

「内容は口外できない」

ロンはかぶりをふった。わたしたちはふたりとも、ロンがこれから口にする内容がその電話でアージェントがいったのとまったくおなじであることを知っていた。

「ポール、きみはすこしおかしくなってるって、みんないってるぞ」

「みんなって？」

彼はそれにもこたえなかった。あきらかに〝みんな〟は〝みんな〟であって、それが誰かは重要ではないのだ。それでも、わたしは気分が良くなかった。誰だって、おかしな人とは思われたくないものだ。

「きみはどんな呼びかけもしたがらなかった。テレビはおろか、新聞でさえ。それどころか、ドノヴァンの裁判に顔をだしもしなかった。そのせいで、どれだけ大変になったことか」そのせいで？　それがなくても、わたしには最初から大変なことだった。ロンがいった。「そして、今度はこれだ」

「それになんの意味があるのかわからない。それだけのことさ」

「それじゃ、おれとジルのためにやってくれ。それと、ライアンのために。なぜなら、おれたちはあの娘《こ》たちのためにこれをやるつもりだからだ」

こんなふうにしゃべるのは、彼にとってもつらいにちがいなかった。なぜなら、わたしにとっても聞くのがつらかったからだ。わたしたちは、もはや友だちではなかった。どちらにしろ、いずれ友だちではいられなくなっていただろうが、わたしがおおやけの場で呼びかけをするのに〝ノー〟といった瞬間に——われわれの深い悲しみをいっしょになって表にだすのをわたしが拒んだ瞬間に——わたしたちの友情は終わりを告げていた。わたしの妻のメーガンがまだ生きていたら、状況はちがっていたかもしれない。われわれ夫婦の決定を、彼女がちがったふうにくだしていたかもしれない。だが、彼女はすでに亡くなっており、決定はわたしひとりにゆだねられていた。

わたしがそうしようとしなかったことで、ジルは決してわたしを許さなかった。そして、それ以来、わたしにひと言も口をきいていなかった。呼びかけをしようとしなかったことで、わたしはしばらく警察に目をつけられていた。マスコミによる試練をここまで耐え忍びたがらない人物は、めったにいないのだ。おかげで、容疑者あつかいされることとなった。だが、あの娘たちがさらわれたとき、わたしは職場で、ほかに二十人の人間といっしょにいた。

わたしにとって最悪なのは、この悲しみをロンとわかちあえないことだった。妻のメーガンは亡くなっていたし、サリーはわたしたち夫婦のひとり娘だったので、わたしは誰とも悲しみをわかちあえなかった。ジルのことは好きではなかったが、ロンはわたしの友だちだった。ロンやジルといっしょにおおやけの場で活動することへのためらいを、彼は理解できなかった。わたし自身、そのころはきちんと理解しておらず、そのため彼に説明できなかった。いまなら説明できただろうが、もはや手遅れだった。わたしたちは、いまやただのご近所だった。多くの共通点をもつご近所だ。

「それになんの意味があるのかわからない」わたしはふたたびいった。

「この問題を広く世間に知らしめるためだよ。ドノヴァンに刑が宣告されてから、だいぶたつ。みんなの記憶が色あせないようにしておきたいんだ」

「それには、ぼくは必要ない」

「どちらの家族もそろっていたほうが、インパクトがはるかに大きくなる。より多くの人にメッセージが届くだろう」

話は、またしてもマイク・アージェントのところにもどってきていた。いまのは、いかにもアージェントのいいそうなことだった。実際、一言一句ほとんどちがわないことを、わたしはまえの日に電話で彼から聞かされていた。アージェントが人びとの関心についてのくだりをロンに指南したのは、あきらかだった。実際、沈黙を破るようわたしを説得する材料としては、それくらいしかなかった。あとは、金だ。わたしが口をひらけば、アージェントと『レコード』は大スクープをものにすることになる。ロンがびっくりするところを見たければ、わたしがかれらから提示された金額を話すだけでいいだろう。それは間違いなく、彼とジルに約束されている分け前よりもずっと大きな額のはずだった。ロンはやけにしつこかった。もしかすると、わたし抜きでは記事はなしだ、といわれているのかもしれなかった。

わたしは彼にコーヒーをすすめていなかったことに気がついた。

「人にメッセージを届けたいとは思わない」わたしはいった。「実際、この件では、なにかを伝えたい相手はひとりもいないんだ」

「きみにとっては、ちがうんだな」彼は責めるような声をだすまいと努力していたが、ちがうという点にかんしては、まさにそのとおりだった。それが冷徹な事実だった。たしかに、アンジーはもういないかもしれない。だが、かれらにはまだライアンがいた。「せめて、もうすこし考えてみるといってくれないか」

「そいつは約束するよ」わたしはいった。


月曜日の夜、仕事を終えて帰宅し、食事をしてからテレビをつけていると、ジル・クイントーンがやってきた。外は暗くなっていたが、彼女が正面の庭をとおって家にちかづいてくると同時に、防犯用のライトが自動的についていた。わたしが呼び鈴に応えてドアをあけたとき、彼女は犯行を思いとどまらせるためのぎらつく光に照らされて、上がり段に立っていた。肩にはハンドバッグがかかっていた。

まさか彼女が訪ねてくるとは思っていなかったので、それが表情にあらわれたにちがいなかった。

「驚いてるみたいね、ポール」彼女がいった。

「まあ、そんなところかな」わたしはいった。

「それで？　なかにいれてもらえるのかしら？」

「どうだろう。それはほんとうにいい考えかな？」

「長居はしないわ。約束する」

「ロンは？」

「ライアンをサッカーにつれてったわ」

わたしは一瞬ためらったが、それからご近所らしくわきに寄った。ジル・クイントーンがそばをとおって、家のなかにはいってきた。彼女は美人だったが、わたしはだいぶまえから彼女に魅力を感じなくなっていた。肩の下までのびたブロンドの髪。中肉中背で、三十代後半になったいまもすらりとした体形を保っている。小柄で、その動作にはきびきびとしたエネルギーが感じられた。目にはぬくもりがほとんどなかったが、わたしはジルが彼女なりに精いっぱいロンを愛しているのを知っていた。

「どうしてあたしがここにいるのかと思っているんでしょ」彼女が廊下で足をとめていった。わたしは玄関のドアを閉めた。

「どうせ、例の契約のことだろう。ロンが土曜日にきたよ。さもなきゃ、すごい偶然だな」

「あたしたちがずっと口をきいていないことを考えると……」

「こちらからは何度か話をしようとした」わたしはいった。

「ええ、そうね」彼女がいった。「そのことは、あやまるわ。あなたのいうとおりよ。あたしは例の契約のことでここへきた。でも、あなたの考えているような……ねえ、飲み物をもらえないかしら？」

「なにがいい？」

「まだバーボンはある？」

ボトルにいくらか残っていた。キッチンだ。わたしが冷えたレモネードを冷蔵庫からだしてバーボンと混ぜているあいだに、彼女は居間へと移動していた。わたしが居間にはいっていくと、テレビはすでに消されており、彼女は二日前にロンがすわっていたのとほぼおなじ場所にすわっていた。黒い革のハンドバッグは、すぐわきのソファの上におかれていた。わたしは彼女に飲み物を手渡すと、肘掛け椅子に腰をおろした。

「あなたは飲まないの？」彼女がいった。

「いまはいい」

彼女はさっそく本題にはいった。

「ロンから聞いたわ、あなた、マイク・アージェントの提案に興味がないそうね」

「そのとおりだ」わたしはいった。

「わかっているだろうけど、ロンはそのことでかなり頭にきてたわ」

「そうは見えなかったな」

「嘘じゃない。あの人は帰ってきたとき、ものすごく腹をたててた。あの人にとっては、大きな意味をもつことなの。あたしたちがいまやっているこの活動は」彼女は早口でしゃべっており、てきぱきと話をすすめていった。「だからこそ、わからないのよ。あの人は、そりゃもう多くのものをこれに注ぎこんでる。アンジーの思い出のため。サリーの思い出のため。そして、おなじような目にあっていたかもしれない、ほかのすべての子供たちとその両親のため。だから、どうしてあなたがおなじようにしたがらないのか、理解できないの。すっかりのめりこんでて、それ以外のことが目にはいらない状態よ。でも、あたしはいったわ。あなたがどうしたいのかは、あたしたちが決めることじゃないって」

平凡な主張ではあったが、夫のために熱弁をふるう彼女の言葉は、居間にほろ苦い思い出のベールをはりめぐらせていた。とはいえ、彼女がここでなにをしているのかは、依然として謎だった。暖炉の上の炉棚には、サリーとアンジーが学芸会の劇の衣装でいっしょにポーズをとっている額入りの写真が飾ってあった。

「あなたも見えるところにおいてるのね」彼女がその写真に目をやりながらいった。「しばらくは、とてもじゃないけど見られなかった。あまりにもつらすぎて。でも、そうしなくちゃ、でしょ？　忘れちゃいけない。ロンはそういってるわ」彼女の声はしだいに小さくなり、一瞬、黙ってそのことに思いをはせていた。だが、それからまた気をとりなおして、どうにか笑みを浮かべてみせた。「そうそう。あたし、あなたにすごく腹をたててたのよ。でもいまは、それが起きたことを受けいれる過程の一部にすぎなかったと思ってる。だから、こう考えてるの……あなたとあたしが……またむかしみたいな関係にもどれたらって……」急に言葉をきる。泣きだすかに見えたが、彼女はかわりにバーボンを飲みほすと、おそるおそるといってもいいような感じで立ちあがり、わたしに空になったグラスの底をみせた。「もう一杯、もらえるかしら？」

「どうぞ、勝手にやってくれ」わたしがそういうと、彼女は部屋を出てキッチンへいった。わたしは肘掛け椅子にすわったまま、両手の指先を叩きあわせて、悲しみのより糸を床に紡いでいった。彼女が居間にもどってきたら、わたしは好きでもないこの女性にむかって悲しみを解放し、ぶちまけることだろう。彼女がいまここにいるという、ただそれだけの理由で。だが、わたしはこの六週間、強い酒にまったく手をつけておらず、感覚がかみそりの刃のように鋭くなっていた。どこかおかしかった。彼女はテレビを消していた。ソファから立ちあがったとき、やけに慎重だった。ハンドバッグの角がまっすぐこちらにむくようにおかれていた。

彼女が席をはずしているあいだに、わたしは部屋を横切り、ハンドバッグのいちばん手前にきている留め金をあけた。ふたをもちあげていくと、ティッシュペイパーのかたまりのなかに押しこまれたマイクが見えた。そして、コードの先にあるもっと大きな物体も――テープレコーダーだ。小さなテープのまわるかすかな音。キッチンで氷がかちんと鳴る音。わたしはすこし震える手で留め金を閉めると、ふたたび肘掛け椅子に腰をおろした。

居間にもどってきたとき、彼女はグラスをひとつではなく、ふたつ手にしていた。「あなたにも必要かと思って」そういって、いびつな笑みを浮かべてみせる。それから、わたしの表情に気づいて、それをどう解釈していいものかわからずに、慎重にもとの場所に腰をおろした。彼女は片方のグラスを床におくと、もうひとつを両手でもち、わたしを見た。「ポール、あなた大丈夫？　なにかしゃべりたいことがあるんじゃない？」彼女の声はすこし大きかった。

「いや、けっこうだ」わたしはいった。

「ほら、助けになるかもしれないわよ。ふたりでじっくり話をして……」

「だめだ。できない。ほかとの契約があるから」

「ほかとの？」

「どうやら、そうらしい」

「これは、これは」彼女はゆっくりとかぶりをふった。一本とられたといったところか。「それじゃ、結局はそういうことだったのね、ポール・トレヴェレン。知ってる？あたし、ロンにそういったのよ。そしたら、あの人、〝ポールにかぎってそんなことはない〟ですって。これを聞いたら、驚くんじゃないかしら」彼女はわたしをあざ笑った。「ほんと、油断ならない男ね。で、相手は誰なの？」

「テープがまわっているところでは、いいたくないな」

一瞬、彼女はぎくりとしたが、すぐに立ち直った。気まずさで、笑みがさらに大きくなる。

「ばれてたのね。いいわ、スイッチを切る」彼女はハンドバッグの留め金をはずすと、なかに手をいれ、テープレコーダーのボタンを押した。「これは『レコード』の考えよ。あたしのじゃないわ」

「胸中をぶちまけさせて録音し、それをつぎはぎして新聞の特ダネ記事として発表しようっていうわけか」

「そんなところよ。頭いいわよね？　ああいう新聞社の連中って。あたしはこんなことしたくなかった。でも……」彼女は絨毯《じゅうたん》をみつめた。まるで、パイル織物の下に理由が隠されているとでもいうように。

「それが契約の一部だった」わたしはいった。

彼女はうなずいた。「ええ。そうでなければ、あたしだってこんなことしなかったわ」

わたしたちは黙ってそのことについて考えていた。沈黙が長びく。そのあいだに辞去する口実をさがしているのかと思いきや、彼女はふたたび質問してきた。

「それで、ほかって、どこなの？」

「いいたくないいな」

「いいじゃない！　ヒントをちょうだい。マイクのオファーをことわるくらいだから、きっとすごい金額なのね」

マイク。親しげに呼び捨てだ。

「金はからんでいない。興味があるから訊くけど、ロンはテープのことを知ってるのかな？　きみがここにきている理由を？」

「金はからんでいない？」彼女は困惑の表情を浮かべていた。

「教えてくれ」わたしはいった。「きみがぼくとおなじようにいろいろと感じているのは知っている。あの娘たちのことで。でも、わからないんだ。どうしてそれを大衆が消費できるように、そんなにおおっぴらにしようとするんだ？　金のためだけじゃないのはわかってる。ヒントをくれ」

「ほかとの契約なんてないのね？」彼女が腹立たしげにいった。しだいに理解してきていたが、まだわかっていなかった。ほかとの契約は存在していた。わたしと娘のあいだでむすばれた契約。娘が死んだ日にむすばれた契約だ。彼女の思い出を大勢の赤の他人とわかちあったりしない。

「もう帰ってくれないか」わたしはジルにいった。「もう二度とこないでもらいたい」

「提示額を二倍にしたっていい」

電話線のむこうでしゃべっているのは、マイク・アージェントだった。そう、マイクだ。

「そいつは大金だ」

「どえらい額です」

「まず娘と話しあわないと」わたしはいった。

相手が黙りこみ、わたしは受話器をおいた。


十一月のある曇った土曜日。わたしが街角の雑貨店で牛乳とパンを買って徒歩で帰宅しようとしていると、ロンとジルが青いレンジローヴァーの新車で自宅のドライブウェイにはいっていくのが見えた。アージェントの一件以来、わたしはふたりのどちらとも口をきいていなかったが、すこしは情報が耳にはいってきていた。結局、『レコード』には記事が掲載され、テレビでは児童虐待にかんする公開討論会が放映された。わたしはその番組について読んだだけで、番組そのものは観なかった。マイク・アージェントがジルやほかの何千人という参加者といっしょに下院にむかって行進していく写真も、どこかで目にしていた。『レコード』が主催したこの第一回の反小児性愛者デモでは、ジルが基調講演をおこなっていた。

わたしは本気でそうしたいと思っていたわけではないが、ご近所の礼儀として、ロンが車をとめて降りてくるのを待っていた。ジルは助手席にとどまり、わたしと目をあわせないようにしていたが、七歳のライアンは後部座席からわたしにむかってつぎつぎとおかしな顔をしてみせていた。わたしもいくらかお返しをした。

「もう会うことはないかもしれない」ロンがちかづいてきながらいった。「六週間以内に引っ越すんだ」

このときはじめて、わたしは低い石垣のむこうにある〈売り家〉の看板に気づいた。〝売約済み（契約進行中）〟のステッカーが斜めに貼ってあった。

「すぐに売れたんだな」わたしはいった。

「二日でね。このあたりは需要が大きいから。きみも考えたほうがいい。先へ進んで、あたらしいスタートを切るんだ」

「そのことなら考えてみたよ」わたしはそういったが、目は車にむけられていた。ショールームから出てきたばかりの新車だった。どこもかしこもぴかぴかのクロムめっきで、タイヤも黒々としている。「ところで、ロン、興味があって訊くんだが、きみはテープのことを知ってたのか？」

わたしの質問はロンの耳にはいっていなかった。あるいは、はいってこないようにしていたのか。彼はなにかを守ろうとするかのようにうしろに身をそらすと、ぎこちなくレンジローヴァーの車体に手をのせた。

「心配しなくていい。車なら、まだそこにあるから」わたしはいった。助手席では、ジルが新聞をめくっていた。

「すくなくとも、おれたちはなにかをやっている」ロンがいった。

「ああ、たしかに」わたしはいった。「そいつはよかった」

ビリーとカッターとキャデラック
Billy, Cutter and the Cadillac

トム・カッターは太っていた。それも、本人のためにはならないくらい。というのも、そのことと人生に対する彼の単純な見方とがあわさって、彼は恰好の標的になっていたからである。とりわけ、友人たちのあいだでは。われわれが彼とつるんで飲むのは、ずっといっしょに育ってきたからだった。ビリー・ハドソン。ミック・ダルトン。そして、わたし。ビリーは目立ちたがり屋で声がでかく、怒りっぽかった。すごく狡猾な社会病質者で、自分のまわりの世界がほとんど目にはいっていなかったが、その気まぐれに発揮されるカリスマのおかげで、われわれ四人のなかの暗黙のリーダーにおさまっていた。やつは求職申込書の趣味欄に〝いじめ〟と書いているのではないか、とわたしはときどき思うことがあった。とはいえ、それが金曜日の晩の〈建具師の腕〉で罪のない冗談以上に発展することは一度もなかった。

〈建具師の腕〉はわれわれが溜まり場にしているパブで、ライム・ストリートの惣《デリカ》菜屋《テッセン》と金物屋のあいだにあった。店先に並ぶ蔦とペチュニアの生い茂ったかご。黒い角材が十字に交差している正面の背の高い白壁。このあたり一帯は、ここ十年間でいつのまにか高所得者向けのエリアに変わってしまっていた。不動産価格にとってはいいことだが、人の心にとってはそうでもない。だが、〈建具師の腕〉の亭主は——めんどくさがり屋なのか、つむじ曲がりなのかはわからないが——とにかく、これまでのところ誘惑に満ちた高級化の流れに抵抗しつづけていた。そして、われわれ地元の連中もそのまま変わることなく、手垢のついたいわゆるお洒落な〝楽しい時間〟とやらに毒されずにきていた。

店内は細長く、内装は灰色がかった白と薄緑色でまとめられていた。高い天井。壁を飾る一九〇〇年ごろのセピア色の写真。写真は懐古趣味の商品をあつかう店でまとめ買いされたもので、馬にひかれた四輪馬車とか物置小屋といったありふれた被写体しかうつっていないが、それでも店には雰囲気があった。その金曜日の晩、店は週末をむかえて羽目をはずそうとしている学生たちでごったがえしていた。やかましいが、おおむね害のない連中だ。

パブの女将《おかみ》が空のグラスを集めてまわっていた。彼女は四十代後半の小柄でやせた女性で、まっすぐな茶色い髪の毛には白いものがまじりはじめており、その色にあうような地味で丈夫な服を着ていることが多かった。亭主のほうはもっと背が高く、肩幅があり、木のようにがっしりしていた。夫婦そろって愛想が良く、客あしらいもうまかったが、なんとなく狭量で皮肉っぽいところがあった。ふたりとも、どこかで人生が狂ってしまったと考えているような感じだった。

店の奥にあるテーブルから、わたしは紫煙ごしにミック・ダルトンをながめていた。背が高く、血色の悪い顔をしていて、実年齢の三十五歳よりも老けて見える。彼は学生たちにまじってカウンターのまえに立ち、ビールを注ぐ亭主とおしゃべりしていた。カッターはわたしの隣にすわっていた。

「すげえ話があるんだ。あててみろよ」ビリーが切りだした。いつものようにぱりっとした服装で、騒がしい客に背をむけて、テーブルのむかいにすわっていた。三十一歳で、われわれのグループのなかでは年が——あと、身長も——いちばん下だが、がっしりとしてひきしまった身体をしており、ウエーブのかかった黒髪をみじかく刈りあげていた。やつはその抜け目のないまなざしをカッターのほうにむけた。カッターはいつものように隅の席にすわって、店内とむきあっていた——彼が決してキスすることのないであろう女の子たちをみつめるのに最適な場所だ。

「どうしたんだい?」カッターがいった。

「あたらしいキャデラックを手にいれた」

「なんだって？」カッターは三十三歳だった。むっちりとした両手を膝の上の葉巻の箱にだらりとのせており、その癖のない茶色の髪はたいていひたいにかかったままだった。豚のように小さな目は大きな四角い顔のせいでますます豚っぽく見え、彼があまり頭脳明晰とはいえないことを強調していた。体重は十八ストーン（百十四・三キロ）ちかくあり、ふつうの背丈の人間にしては多すぎた。

「どうせふかしだろ、ビリー」わたしはいった。

「ふかしなもんか」ビリーがいった。

「なにがあった？　宝くじでもあたったとか？」わたしはやつが冗談をいっているのだと思っていたが、そうではなかった。

「まあ、ある意味では、そうともいえるな」ビリーはその考えにひとりほくそえんだ。「叔父貴のフレッドが癌で死んだんだ。おれが叔父貴を好きだった以上に、叔父貴はおれのことを気に入ってくれてたらしい」ビリーは上着のポケットから鍵束をとりだすと、それをわれわれの目のまえにぶらさげてみせた。「感謝するぜ、叔父貴」

カッターは前後にぶらぶらと揺れる鍵束を目でおっていた。パブのぼうっとした明かりが角やへりにあたって反射していた。ミックが学部学生のあいだをすり抜けながらもどってきた。飲み物をのせたトレイをテーブルにおいて、ビリーの隣に腰をおろす。それから、ポケットから煙草の葉と巻き紙をとりだして煙草を巻きはじめ、鍵束にちらりと目をやった。

「それじゃ、みんな聞いたんだな」

「一九五八年製のピンクのキャデラック・コンバーチブル」ビリーがいっていた。「完璧に再生《リビルト》してある」

「そいつはすごいな」わたしはいった。

「完璧に再生《リビルト》してある？」カッターがくり返した。「内装は？　内装はどうなってる？」

「このあたりでキャデラックってのは、どうかな」ミックが巻き紙の端のゴム糊のついた部分を舌でなぞりながらいった。「通りは狭すぎるし、駐めとく場所がない」

「駐めとく？　けさ、もう査定してもらった」ビリーがさっと鍵束をつかむ。一瞬後には、鍵束は彼の上着にふたたびおさまっていた。カッターはずっとそれを目でおっていた。「売るつもりさ。二万にはなるだろう」

「二万だって？」わたしは小さく口笛を吹いた。

「ビリーのおごりだな」ミックがいった。

「今後十年間、ビリーのおごりだ」わたしはいった。

カッターは顔をしかめていた。膝から葉巻の箱をもちあげて目のまえのテーブルにそっとおき、指先でふたをもてあそぶ。「売っちゃだめだ」

「なんだって、トム？」ビリーは鋭い口調でそうたずねると、待ってましたといわんばかりにカッターのほうにむきなおった。カッターはビリーの視線をさけ、自分の葉巻の箱をみつめていた。

「そんなの間違ってる」カッターがぼそぼそといった。

「間違ってる？」ビリーの目がぎらぎらとにらみつけるような感じになりかけていた。これまでに何度も見てきた光景だ。酒でそうなることが多かったが、酒なしでそうなるときもおなじくらいあった。癇癪《かんしゃく》を起こすというのとはちがう。そう呼ぶには、それはあまりにも計算しつくされていた。それでいて、本人はそのことをほとんど意識していなかった。さもなければ、まったく気にしていないかだ。外の刺激で彼のなかのなにかにスイッチがはいり、それははじまる。彼はなにか目的があって行動しているわけではなく、ただ自分に正直でいるだけだった。「間違ってるだと、トム？」

カッターはいちばんよくその被害をこうむっていたが、それでも彼なりのやり方で、いちばんよくビリーに立ちむかっていた。肩をすくめていう。「ああ、かもしれない。

友だちのことを考えるべきかも」

「おまえみたいな友だちか」

カッターはなにもいわなかった。

「まあ、そうかっかするなって」ミックがいった。巻き煙草の端をねじって唇に押しこみ、マッチを擦る。一瞬、煙草の繊維が輝いてから、ちぢんでぽとりとテーブルに落ちた。ビリーはカッターから目をはなさなかった。

「そうだな。おまえがハンドルのうしろにおさまりきらないくらい太ってるんじゃなければ、車をおまえにやるところなんだが」

「そんなに太っちゃいないぞ。それに、体重なら落とせる。どうしてそんないいものを売ろうとするんだい？」

「いいもの？　おまえのみたいな、ってことか？　そういいたいのか？　それじゃ、トム、そいつを確認してみようぜ。箱をあけて、今夜はなにがはいってるのか、おれたちにも見せてくれよ」

これまで何百回とおなじことをわれわれのまえでくり返してきたにもかかわらず、カッターはこそこそとためらいがちに葉巻の箱をテーブルの中央に押しだすと、注意深くふたをあけた。ミックとわたしは席についたまま、なかをのぞきこもうと思わず首をのばしていた。それは、がらくたの詰まった箱だった。カッターのがらくただ。だが、それを見るたびに、わたしはいつでもおなじ感覚——日記をめくって、他人のもっとも奥深くに秘められた考えをのぞきこんでいるような感覚——をおぼえた。

毎度おなじみのつまらない品物の寄せ集めだった。なじみがあるのは、どれもまえに見せてもらったことがあるからだが、もうひとつ大きな理由として、それらがわれわれの寄付したものだというのがあった。ヘビのからみあった紋様の古い銅の指輪はもともとミックの所有物で、カッターがあまりにもしつこくねだるので、とうとうミックが根負けしてやったものだ。その隣にある壊れたジッポーのライターは、わたしがカッターにやろうと思って十ペンスで雑貨特売市で買ってきたものだし、わたしの姉がむかし腕にはめていたペニシリン・アレルギーの医療用警告ブレスレットや、革ひもについた汚れた銅製のケルトの結び目紋様のお守りもあった。ビリーは細い銀鎖のロケットと戦前のシリング硬貨を一、二枚提供していた。だが、箱の隅には、これまで見たことのないものがあった。あたらしい収穫品だ。偶然かわざとかはわからないが、その一部はカッターの手の下に隠されていた。

重たそうな金メッキの懐中時計だった。すごく大きな音で秒をきざんでいたので、パブの騒音のなかでも、われわれ全員がその音を聞くことができた。

「そいつはなんだ、トム？」ビリーがいった。

「なんでもない」カッターがいった。

「おまえの手の下にあるやつだよ」

カッターは気が進まなそうに手をどけ、ビリーが鎖をつかんで時計をもちあげると、たじろいだ。それは丹精をこめて丁寧に作られた本物のように見えた。骨董屋の店先に飾られているような代物だ。ビリーは金のケースをひらいて自分の腕時計と時間をつきあわせてから、ふたをぱちりと閉じ、懐中時計の目方を手ではかった。

「けっこうするにちがいないな」という。「どこで手にいれたんだ？」

「買ったんだ」カッターがいった。ビリーが笑った。

「盗んだんだろ？」

「ちがうよ」

「盗品は狙われやすいって、知ってたか？　なぜって、盗まれても警察に届け出ることができないからだ。盗んできたものをべつの誰かに盗まれても、おまえにはそいつの頭を殴ることくらいしかできない」

「ほっといてやれよ、ビリー」わたしはいった。

ビリーが剣呑《けんのん》な目つきでわたしをにらんだ。

「ああ、ほっといてやるさ」という。「ただ、ちょっと考えてたんだよな。トムはおれが欲しいものをもってる。そして、おれはトムが欲しいものをもってる。おい、聞いてるか、トム？」

「おれは時計を返して欲しいんだ」カッターがむっつりといった。

「おまえはあのキャデラックを欲しいのかと思ってたんだがな。どうだ？」

「おまえは絶対にそのふたつを交換したりしないだろ」わたしはいった。

「あたりまえだろ」ビリーがいった。「そんなことして、おれになんの得がある？　おれがいまいってるのは、賭けだよ。トムは太りすぎてて、キャデラックの運転席にはおさまりきらない。だが、本人は体重を落とせるといってる。おれには、そんなことができるとは思えん。だから、どっちが正しいかやってみるんだ。おれはトムが体重を落とせないほうに車を賭ける。この時計とひきかえに」

「どれだけ体重を落とせばいいんだ？」ミックがいった。

「大した量じゃない」ビリーがいった。「七ポンド（三・一七五キロ）だ。一週間で」

ビリーのいうとおりだった。それほどの量ではない。キャデラックがかかっているとなれば、わたしやミックには簡単に落とせる体重だろう。だが、カッターにとっては、それはものすごい量だった。ビリーは金の懐中時計をテーブルにおくと、ポケットから車の鍵束をとりだし、時計の隣においた。

「それで、トム？　どうする？」

「無理にやらなくてもいいんだぞ」ミックがいった。「そいつはいい時計だ。おまえの持ち物のなかじゃ、ぴかいちだ」

カッターはうなずくと、じっくりと考えはじめた。決心がつかないというように懐中時計から鍵束に目をやり、それからふたたび懐中時計を見る。Tシャツの上から自分のだぶついた肉をつかんで、まるでパン生地でもこねるようにして目方をはかる。

「どうしようかな」ようやくカッターがいった。「一九五八年製のコンバーチブルか？」

ビリーがうなずいた。

「座席の布張り地は？」

「ベージュだ。状態はいい」

そのとき、カッターが意味ありげにビリーを見た。

「マニュアル？　それとも、オートマ？」

ビリーがわずかに笑みをもらした。

「オートマだ」という。

「よし」カッターがいった。「賭けよう。握手だ」

ビリーがカッターの手を握った。

「おっと。あとひとつ、いってなかったことがある。これから一週間、おれたちは毎晩八時にここで会う。そして金曜日に、やはりこのパブで計量をおこなう。いいな？」

抜け目なかった。約束の期限までの七日間、カッターは健康道場のようなところにはいって減量に励むことができないばかりではなく——彼がそんなことをするとは思えなかったが、それでもやれないわけではない——毎晩ビールの誘惑にも抵抗しなくてはならないのだ。

「ずるいぞ、ビリー」わたしはいった。「そんなこと、いってなかったじゃないか」

「いいんだ」カッターはそういって、ビリーの手をはなした。ビリーは満足しきった表情を浮かべて鍵束のほうへ手をのばしたが、ミックに先を越された。ビリーがとめるまもなく、ミックが鍵束と金の懐中時計をテーブルからかっさらい、どちらも自分のシャツのポケットにしまった。

「待てよ！」ビリーが嚙みついた。「そいつはおれのもんだぞ！」

「もうちがう」ミックがいった。本気でそういっているとわかる口調だった。「来週の金曜日までは、おまえのもんじゃない。わからないぞ。もしかすると、そのときになっても、まだちがうかもしれない。もちろん、この賭けをとりやめるというのなら、話はべつだ」ミックは期待をこめてカッターを見た。「おまえの場合もおなじだ、トム。ふたりとも、一度だけ降りるチャンスをやろう。どうする？　降りたからって、おれたちはとやかくいったりしない」

「いや、いいんだ」カッターはそういって、懐中時計が消えていったミックのポケットのほうを名残り惜しげに見た。

「それじゃ、賭けは成立だな」ビリーがいった。彼は両手を叩きあわせて笑みを浮かべてから、カッターの出っ腹にちらりと目をやった。「おい。もう一杯ビールをおごろうか、トム？　まだすこし余裕があるように見えるぞ」

「いいね、ビリー」カッターがほほ笑み返した。「もらうよ」


それからの七日間は、あっというまにすぎた──カッターにとっては、はやすぎるくらい。あの最初の晩、われわれは最後の一杯を飲みほしたあとで、四人そろって歩いてミックの家へむかった。減量前の計量のためだ。四人ともその晩の酒で完全に酔っぱらっており、先ほどの不愉快な感覚は忘れられ、賭けは友人たちのあいだの一種の冗談のようなものになっていた。われわれはミックの女房のダルシーの目をさまさせないよう、精いっぱいの努力をした。彼女は飲むこと自体に反対しているわけではなく、それが夫にあたえる影響をこころよく思っていなかった。とはいえ、カッターがミックの浴室の体重計にのったときにあがった歓声を耳にして起きてこないものなど、ほとんどいないだろう。壁が薄いというのも、助けにはならなかった。

服の重さ――ソックスはふくむが、靴はふくまない――を二ポンド（九百七・一八グラム）として差し引くと、カッターの体重は十七ストーン九ポンド（百十二・〇三六キロ）、プラスマイナス一オンス（二十八・三五グラム）の誤差だった。すごい体重に思えたが、酔っぱらいの奇妙な論理をもちいて、わたしはすぐにつぎのような結論に達した――これだけ体重があるのだから、カッターは難なく賭けに勝つだろう。

「例の七ポンドを落とすのは簡単さ」わたしはよくまわらない口で元気づけ、カッターの背中をぴしゃりと叩いた。ミックが心からの賛同をあらわした。

「こいつのいうとおりだ、トム。おまえは間違いなく勝つ。体重があればあるほど、落とすのは簡単になるんだ。落とす分がたっぷりあるから」

「理にかなってるな」ビリーが真面目くさってうなずいた。「やせてたら、ダイエットはかなりきついはずだ」

「だから、やせてる人間はダイエットしないのかも」わたしはいった。全員がこの怪しげな考察に思いをはせていると、ぎゅう詰め状態の狭い浴室のドア口にダルシーがあらわれた。彼女は小柄だが、午前一時に腕を組んで素足でそこに立ち、ひと言でも口をきいてみろといわんばかりにわれわれをにらみつけていると、実際よりもずっと大きく見えた。彼女はひと言も発さずに頭をぐいと玄関ドアのほうへ動かしただけで、このちょっとしたパーティをおひらきにさせた。われわれは忍び足で夜のなかへ出ていった――ひとりミックを残して。彼はわれわれの押し殺した「おやすみ」の声に対して、あきらめたように肩をすくめ、しょんぼりと弱々しい笑みを浮かべてみせた。

それからの六日間、われわれは毎晩〈建具師の腕〉でおちあい、毎晩カッターは閉店時間までそれにつきあって、ほかのものたちとおなじくらい飲んだ。実際、カッターはことあるごとにビリーからビールとポテトチップを勧められていたので、ほかのものたち以上に飲み食いしていた。その結果、木曜日の夜になるころには、彼の負けははっきりとしてきていた。だが、それは騒ぎたてるほどのことではなかった。最初からそうなると予想はついていたし、まずは間違いなく最良の結果といえた。つまるところ、時計にはキャデラックほどの価値はないし、もしかするとビリーは相手をやりこめようとしているだけかもしれなかった。賭けがすめば、おそらく懐中時計をただ返すつもりでいるのだろう。この賭け全体が、自分の頭の良さをひけらかすためのくだらない見世物にすぎないのだ。

ビリーはご機嫌だった。一週間ずっと自分の古い腕時計をわざとらしく見せびらかし、遅れや故障について文句をたれ、耳をかたむけてくれるものになら誰かれかまわず、ガラスや革バンドの汚れや傷を指摘してみせた。何度か売りにだし、ある晩などオークションの真似事までしてみせた。「二十ペンス以上のオファーはないのか！」見物人から騒々しい歓声があがるなか、彼はそう叫んだ。

木曜日の晩、ラストオーダーをすませたあとで、ビリーはテーブル席にどしんと腰をおろすと、腕時計をはずした。われわれは全員ビールをしこたま飲んでいた。カッターは葉巻の箱のなかのがらくたをいじくり、ミックとわたしはひたいをあわせて、だらだらと会話をつづけていた。ビリーはこれ見よがしにため息をついてみせると、腕時計をカッターのほうへ押しやった。

「こいつとお別れするのは、身を切られるようにつらいな」悲しそうにかぶりをふりながらいう。「どんなときでも、忠実に勤めをはたしてきてくれたんだ。医者の予約時間を知らせ、サッカーの試合の開始時間を教え、卵をゆでるときにも活躍してくれた。けど、おまえにやるよ、トム。そのコレクションにつけくわえてくれ」

カッターが自分のお宝の山から顔をあげた。

「時計なら、もうある」という。「ミックがおれのかわりに保管してくれてるやつが」ミックとわたしは、そのとき嘆いていた世の中の不公平についてぶつぶつと文句をたれるのをやめた。

「いいから遠慮するなって、トム」ビリーが精いっぱい寛大な男のふりをしていった。カッターは目をぎょろりとまわすと、冗談を思いついたときのつねで、しまりのない笑いをもらした。

「でも、それが必要になるよ。バスに乗り遅れないようにするためにはね」たっぷり間をおいてから、にんまり大きく笑っていう。

ほんとうにそうなるのであればもっとおかしかっただろうが、それでもミックとわたしは笑った。ビリーだけが笑っていなかった。かわりに、愚弄《ぐろう》するようにいった。

「あとで吠えづらかくなよ」

「ああ、そっちもね」一語一語たしかめるような感じで、カッターがぼそりと切り返した。

賭けを公平におこなうためには、計量の一貫性を維持することが重要だった。そのため、金曜日の午後六時半に〈建具師の腕〉についたとき、ミックとわたしはダルシーの浴室の体重計をもってきていた。はやめにきたのは、われわれだけではなかった。この一週間のあいだに話がひろまっていた。クイズ大会の晩《クイズ・ナイト》とちがって、はやくきてカウンターに陣取っている客たちには、どこか不快なのぞき見的な感じがあるような気がした。そのとき、わたしはどうしてビリーがパブで計量をやりたがったのかを理解した。やろうと思えば、大勢の目のまえでカッターに恥をかかせられるという特典がついてくるからだ。

　ビールを買っているとき、わたしは黒板に気づいた。カッターの体重が増えているほうのオッズは一・二五倍で、かなりかたよっていた。ただし、増えているのが三ポンド以上であれば三倍、五ポンド以上ならば七倍だったが。彼の体重がすこしでも減っているほうのオッズは十一倍だった。

「で、カッターがキャデラックを勝ちとった場合のオッズは？」わたしは呑み口の泡を切っている女将にたずねた。いぶかしげな表情が返ってきた。

「それに賭けた客は、これまでひとりもいないよ」彼女はわたしに釣り銭を渡しながらいった。ウインクして、声を落とす。「あんたは常連さんだから、こっそり教えといてあげるわ。うちじゃ、彼がふだんより何杯多くのビールを飲んでるかをずっと集計してたの。こっちの予想だと、二ポンドの体重増よ。どうせ、ほとんどの客がそのあたりに賭けてるけど、一攫千金を狙ってヤマをはってる連中がいっぱいいるから、こっちはかなり儲けさせてもらえそうよ」

カッターも常連客だった。

「それじゃ、カッターの勝ちへの賭けは受けつけてないんだ」わたしはむっとしていった。

「まあね。だって、誰も実際に賭けるとは……」

「オッズをくれ」わたしはいった。

女将は肩をすくめてみせた。

「百倍とか？」

「それじゃ、それに五ポンド」わたしは財布から五ポンド札をひっぱりだした。

「どうぞ、ご勝手に」女将は無関心にそういうと、金をポケットにしまった。それから、黒板にあたらしいオッズを殴り書きした——〃カッターの勝ち　百倍〃。それを見て、わたしの隣にいた男が笑った。

三十分後にビリーがあらわれたころには、みんなビッグ・イベントを待ちかねてそわそわしはじめていた。ビリーが店にはいってくると、思わず歓声のようなものがあがった。自分たちがどうして騒いでいるのかよくわかっていないような中途半端な歓声だったが、それでもビリーはにやりと笑って、会釈してみせた。途中で足をとめ、ほかの客と言葉をかわしたり背中を叩きあったりしてから、奥にすわっているミックとわたしのところへやってくる。

「体重計はもってきたか？」席につきもせずに、ビリーがミックにいった。

それはテーブルの下のミックの足もとにおいてあった。ミックは人だかりのほうを見ていた。「こいつは手に負えないことになりかねない、ビリー。カウンターじゃ賭けまでおこなわれてるんだ。知ってたか？」

「ちょっとした余興さ」ビリーが肩をすくめた。「それがなんだっていうんだ？」

「いまからでも、とりやめにできる」わたしはいった。

「だめだ！」ビリーが無表情な顔でいった。「こいつは金曜の晩のおふざけにすぎない。ところで、トムはどこなんだ？」

「まだきてない」わたしはいった。このままカッターがあらわれないことを願ったが、その瞬間、パブ全体でざわめきが起こって、彼が到着したことがわかった。カッターの姿は、すぐに目に飛びこんできた。彼をとおすために、人ごみが波のようにさっとわかれたからだ。カッターは狭苦しいパブのなかをちかづいてきた。ショートパンツにサンダル、それに大きなだぶっとした緑のTシャツという恰好で、わきの下には大切な葉巻の箱をかかえていた。そして、歩くときに松葉杖をついていた。右脚の膝上から下に、ギブスがはまっている。

「なんだ、ありゃ……？」ビリーがつぶやいた。

カッターは足をひきずりながらちかづいてくると、われわれのまえでとまった。気分が悪そうに見えた。顔が灰白色で、まるで濡れたパン生地のようだった。目はどんよりとして、ふちが赤くなっている。口をひらくと、苦痛を耐え忍んでいるような声がでてきた。

「事故にあった」

カウンターのほうで、誰かがくすりと笑った。

「それじゃ、賭けはなしだな」ミックがすばやくいった。

「不測の事態だ」わたしはうなずいた。「これで賭けを続行するのは、正しいこととは……」だが、そこでわたしは言葉をきった。カッターが目で訴えかけてきているのが見えたのだ。わたしは顔をしかめた。彼はほんとうに賭けをつづけたがっているのだろうか？

なにはともあれ、ビリーはつづけたがっていた。腹をたてていた。

「ここまできて、冗談じゃない！　賭けはやめないぞ！」

「おい、なあ、ビリー！」ミックが懇願した。「こいつの状態を見てみろ！　そもそも、ここにいるのが間違ってるんだ。家にいるべきだ。それか、病院ならもっといい！」カッターのほうにむきなおる。「いったい、なにがあったんだ？」

「わからない、ミック、わからないよ」カッターがいった。いまにも泣きだしそうに見えた。「事故だったんだ」

だが、ビリーは頑としてゆずらなかった。そして、金がかかっていたので、まわりの客たちも彼に味方した。かれらは見物しようと押し寄せてきており、両脇のテーブルや椅子の上に立っているものさえいた。ミックがかれらを怒鳴りつけて黙らせた。ようやく訪れた静寂のなかで、ビリーの声がひびいた。

「そのギブスは、どうする？」

「というと？」わたしはたずねた。

「そいつは、すくなくとも二、三ポンドはあるはずだ」

「こういうものは重たいからな」ミックがうなずく。

「三ポンドとしよう」ビリーがいった。「体重の十七ストーン九ポンドにギブスの三ポンドを足すと、十七ストーン十二ポンドだ。そこから賭けた分の七ポンドをひくと……」

「十七ストーン五ポンドだな」わたしはいった。

「やつはいま服を着てるから……そうだな、こうしよう、トム。そのシャツとサンダルを脱いだらどうだ？　きちんとした計量にしないとな。脚がそんな状態だから、ズボンはかんべんしてやろう」

なるほど、これがビリーの冗談のオチだったのだ――人前で裸にちかい恰好にさせる。

「わかった」カッターがやっとのことでいった。疲れた口調だった。まわりで歓声があがった。とりあえず、楽しんでいる人間もいるわけだ。

「さっさとすませちまおう」ミックがうんざりしたようにいった。テーブルの下に手をのばして、体重計をとりだす。カッターに目をやりながら、彼はつづけた。「そうすりゃ、おまえを家につれて帰れる」

わたしはカッターから葉巻の箱をあずかり、彼がすわるのに手を貸した。サンダルを脱がせているときに、ギブスがすでに走り書きのお見舞いメッセージで覆われているのに気づいて、わたしはぎごちない笑みを浮かべてみせた。

「看護婦たちが書いてくれたのか？」

カッターはわたしを見たが、それにはこたえなかった。青ざめた頬を汗がだらだらと流れ落ちており、いまにも気絶してしまいそうな感じだった。シャツを脱ぐのもひと苦労で、ウエストラインの上からは白い脂肪がはみだしていた。はっきりしたことはいえないが、その腹はすくなくとも一週間前とおなじくらいでかく見えた。カッターが賭けに勝つ見込みは、まずなかった。裸になった上半身を目にして、一部の観客がふいに気まずさをおぼえて黙りこんだ。だが、ほかのものたちは馬鹿にするようにはやしたて、口笛を吹いた。ミックとわたしがカッターを立たせると、その音はますます大きくなった。われわれが彼の肘の下に木製の松葉杖をあてているあいだ、カッターの身体は真ん中でぐにゃりと折れまがり、頭はまえにすこしかたむいていた。ビリーは体重計を用意していた。目盛りを正しく調整し、これ見よがしに体重計をカッターの足もとにおく。それから、うしろにさがると、手をあげて静粛を求めた。

「勝負だ、トム」ビリーが静かにいった。「これで、あの時計はいただきだな」

「勝負だ、ビリー」それ以上つべこべいわずにカッターは怪我をしていないほうの脚をまえに踏みだし、体重計の左側の中央にのせた。それから、ひるみながらも右の腰をぎごちなくゆすってギブスをひきあげ、体重計の上にもってきた。痛みで涙がぼろぼろとこぼれだしてきていたが、カッターはその場にしっかりと立ち、息をととのえた。ミックとわたしが両側からちかづいた。

「大丈夫か?」ミックがたずねた。

カッターはぎごちなくうなずくと、ぐいと腹に力をこめた。ミックとわたしで彼の上腕をそっとささえながら、すこしずつ松葉杖をわきの下からはずしていく。松葉杖をほかの人に渡したあとも、われわれは上腕をつかんだ手をはなさなかったが——結果に疑念をいだかれないように軽くだ——それでも、わたしはカッターが倒れるにちがいないと思った。彼は倒れなかった。精いっぱい踏んばって、まっすぐに立ちつづけていた。その顔に浮かぶ決意と努力の表情があまりにも強烈だったので、長いこと全員がそれに気をとられて、体重計を見るのを忘れていた。

ビリーが最初に体重計に目をやった。

「嘘だろ」彼の目は体重計の小さなガラス窓をじっとみつめていた。それから、ミックとわたしもそれを見た。カッターもそうしたかっただろうが、彼は一心不乱にまえをみつめていた。

体重計の針は十七ストーン三ポンドのところで静止していた。カッターは賭けに勝ったのだ。

「カッターの勝ちだ!」わたしは叫んだ。「たっぷり二ポンドの差をつけて!」

まわりで起きた当惑のどよめきのなかで、ビリーはショックのあまり、酔っぱらいよろしくくるりとまわって観客のなかに倒れこみ、数名を道づれにしながらテーブルをひっくり返した。カッターはひどく震えていたが、ミックは椅子に駆けよるだけの冷静さをもちあわせていた。カッターがうしろにくずおれたとき、そこには頑丈な平面が待ちかまえていた。ありがたいことに椅子は壊れず、十七ストーン三ポンドのすべてを受けとめてくれた。

十七ストーン三ポンド。信じられなかった。わたしはカッターの手に葉巻の箱を押しこみ、背中を叩いた。カッターは疲れきっているがしあわせそうな顔でにやりと笑うと、わたしを見あげた。観客がまわりに押し寄せてきていた。カッターが勝者と認定されたことで、先ほどまでのひやかしはお祝いに変わっていた。彼のまえにビールが突きだされ、カッターはそれをいっきに飲みほすと、おかわりを頼んだ。まるで王様のように。

ミックが無造作に鍵束と金の懐中時計をポケットからとりだした。そのふたつをカッターの膝の上に押しつけたとき、彼はせいせいしているように見えた。

「ほら、こいつはおまえのものだ。ビリーがキャデラックをどこに保管してるのか、あとで聞いとくよ。おまえは好きなときに、そいつをとりにいけばいい」

「ありがとう、ミック」カッターは感謝の笑みを浮かべていった。それから、すばやく懐中時計と鍵束を葉巻の箱へしまい、それを胸もとでしっかりと抱きしめた。

ビリーは床にすわりこんだままだった。あぐらをかき、頭をたれ、指で自分のブーツを突いている。遊び場のゲームで負けてお気に入りの玩具をとられた小さな男の子といった感じだった。ミックが彼のほうにかがみこみ、えらく盛りあがった金曜の晩だったじゃないか、と小声でなぐさめていた。

カッターはシャツを肩にひっかけているだけだったが、わたしはまず彼にふたたびサンダルをはかせようとした。彼の足もとにひざまずいているとき、はじめて右脚のギブスをよく見た。先ほどもいったとおり、ギブスはお見舞いの走り書きで覆われていたが、このときほかのことにも気がついた。ギブスは純白ではなく、汚れていた。それに、メッセージの大半がぼけて薄れていた。さらには、膝からつま先にかけて割れ目がずっとつづいていた。ギブス全体が実際にはふたつのべつべつの部分からできていて、それがすごく乱雑に糊で接着されていたのだ。膝と太ももの部分に巻かれている包帯はあたらしかったが、それにも接着剤がたっぷりとまぶしてあるように見えた。わけがわからなかった。どうして彼は古いギブスをつけているのか？　ちかごろの医療システムは、ギブスを再利用しなくてはならないほど困窮しているのか？

カッターはわたしの注意がどこにむけられているのかを見てとった。

「大丈夫さ」やましそうに、わたしにむかってささやく。「だって、あの車はオートマだろ？　オートマなんだ」

そのとき、わたしは赤いものを目にした。ギブスの底から染みだして床にどんどん広がっていく赤い液体。

「このギブスはどこではめてもらったんだ、カッター？」わたしは立ちあがりながらいった。

「これ、むかしのやつなんだ」カッターは唇をなめ、自分の頭の良さに得意満面の笑みを浮かべながらいった。「おれが脚を折ったときの。ほら、覚えてるだろ、何年かまえに？」

記憶が甦《よみがえ》ってきた。考えてみれば、それにはおそらくわたしもメッセージを寄せていた。

なんてこった、と心のなかでつぶやきながら、わたしは救急車を呼ぶために電話へと走った。あれで、いったいどうやって運転免許証をとるつもりなんだ？

しばらくしてカッターとビリーがいなくなり、騒ぎが完全におさまると、わたしは自分とミックのために強い酒を注文した——店側が渋りながらもどうにかわたしに認めてくれた換金不能な五百ポンドのつけの一部をつかって。

プレストンの戦法
Preston's Move

「ぼくはチェスを解き明かしたよ」プレストンは例の甲高い声でそういうと、チェス盤のむこうからにやりと笑いかけてきた。

「ひっかかってた問題が解けたのかい？　そいつはよかった」

プレストンのいうことに、わたしはあまり注意をはらっていなかった。彼はわたしが駒を動かす番のときにおしゃべりをするという迷惑な癖をもっていた。とりわけ、わたしが優勢なときに。わたしのほうがチェスがうまく、たいていは勝ちをおさめていたので、ふたりでチェスをするとき、彼はほとんどの時間をわたしにむかってぺちゃくちゃとおしゃべりすることについやしていた。

「いや、そうじゃない」プレストンが言い張った。「チェスを解き明かしたんだ。このゲームそのものをね」

対局は決定的な段階にさしかかっていた。おたがい十五手くらい指したところで、盤上の駒はいつでも取っ組みあえる状態でむきあっていた。自分の陣形のほうが上であることが、わたしにはわかっていた。すこし時間をかければ、この優勢を決定づけるような指し手をみつけられるだろう。わたしは渋しぶチェス盤から顔をあげた。プレストンはそこに腕を組んですわり、中国の仏像みたいに乙に澄ましていた。

「どういう意味だい？　ゲームそのものを解いたって？」

「チェスを解き明かしたのさ。おしまいだ。完全に《カプート》。ぼくが解き明かした」

もちろん、冗談に決まっていた。

「つまり、チェスの勝ち方を知ってるんだ？　必勝法を？　そいつはすごいな、プレストン。それじゃ、こっちの駒を動かさせてもらえれば……」

「信じたくなければ、それでいいさ」プレストンは肩をすくめた。「ほんと、どうだっていいんだ」

わたしはふたたびチェス盤から顔をあげた。プレストンは窓の外をみつめており、午後の光が彼の青白い肌に蠟《ろう》のような輝きをあたえていた。わたしは盤面に注意をもどした。つぎに指す手がぱっとひらめいた。巧妙な策で、こちらのポーンを犠牲にせずに相手の駒をとれるだろう。わたしはキングのまえのポーンをひと枡《ます》前進させた。

「それで、その素晴らしい洞察とやらは、どんなふうにして訪れたんだい？　夢のなかでとか？」

　プレストンが警戒するように眉をひそめた。

「そうさ。どうしてわかった？　きのうの晩、夢で解法を知ったんだ。目がさめてから書きとめて、安全なところにしまった。それに、しっかりと記憶にも刻みこんだ」プレストンはずんぐりとした指で頭のわきを叩いてみせた。「ここにはいってる。すごく単純な考え方なんだ。わかりきってるってわけじゃない――単純なんだ。おかしな気分さ、ディクソン。自分の脳に驚異の新発見がつまっているような感覚っていうのかな……けど、そんなの、きみにはわからないだろうな」

　わたしはこらえきれずに、思わず大笑いした。ここでプレストンもいっしょになって笑いだし、いまのもこちらの注意をゲームからそらすための馬鹿げた策略だったと認めるのかと思いきや、彼はそうしなかった。無表情のままそこにすわって、ただ腕を組んでいた。わたしは笑うのをやめた。

「プレストン」わたしは冷静にいった。「チェスに解法なんてものは存在しない。存在してるなら、いまごろとっくに世界最高のプレーヤーたちがそれをみつけてるとは思わないか？　それに、ちかごろじゃ、どこのコンピュータ会社も何十人という若き天才たちをつかって、カスパヴィッチを打ち負かすようなプログラムを作成しようと躍起になってる。そういうものが存在するのなら、きっともう誰かが発見しているはずさ」

つい最近、グリゴ・カスパヴィッチは復讐心に燃え、恐ろしいくらい攻撃的なプレーをして、若きヴラッド・クラムノフから世界タイトルを奪い返していた。なかには、彼の頭脳を巨大コンピュータにたとえるものもいた。プレストンが煙草に火をつけた。

「教師たちはアインシュタインを頭の鈍い生徒だと考えて、いちばん下のクラスにいれた。そいつを知ってたかい?」彼は物思いにふけっていた。「けど、彼は勉強が遅れていたわけじゃなかった。退屈してたんだ。とっくのむかしに、ずっと先までいってたから。教師たちには、提供できることがなにも残されていなかった。そういえば、ぼくも学校の授業がすごく退屈だったな」

わたしはふたたび笑った。今度のは、馬鹿にするような笑いだった。プレストンはそれを無視した。

「エネルギー=質量×光速度の二乗。単純だろ? けど、わかりきってはいない。チェスの解法かい? それも、いまのと似たようなもんさ」

「冗談じゃないんだ」

「これ以上、真面目だったことはないね」

「じゃ、このゲームも勝てるると思ってるんだ？」

「いや、このゲームはだめだ。きみはいま、ぼくよりもひと駒多くとろうとしている。ほかの条件がすべておなじなら、両方のプレーヤーがどちらも正しい手を打っていった場合、ひと駒すくない状態からでは誰も勝てない。知ってるだろ」

「じゃ、どうする？」

プレストンはすべての駒を最初の位置にもどしはじめた。「このゲームは負けを認めるよ、いいだろ？　ぼくは本気をだしてなかった。でも、今度はちがう。最初からやり直そう。先に五勝したほうが勝ちだ。さっきの対局は、まずきみの一勝ってことで」

こうして、われわれはその試合形式でゲームをはじめた。わたしは先手の白が三回、後手の黒が二回だった。そして、プレストンはその五回すべてで、わたしを打ち負かした――それも、軽がると。彼が努力するふりでもしてくれていたら、まだしも救いがあっただろう。だが、彼はそんなそぶりさえみせなかった。最初のゲームがはじまるやいなや、テーブルのそばのラックから雑誌をとりあげて、ぱらぱらとめくりはじめた。自分の番がくるまで局面には目もくれようとせず、そのときがくると、チェス盤に一瞥《いちべつ》をくれて小さくうなずいてから駒を動かし、また読みかけの記事へともどっていった。この完敗に終わった対戦のなかで、わずかながらわたしに満足感をあたえてくれたことが、ひとつだけあった。五ゲームやるあいだ、プレストンは五回しか言葉を発しなかったのだ。ただし、わたしにとって残念なことに、その言葉は五回ともまったくおなじだった。

「王手詰み《チェック・メイト》」ナイトを動かし、ルークでキングをとれるようにしながら、プレストンが最後にいま一度いった。

「レッスンを受けてたんだな」わたしはいった。だが、そうではないことを、わたしは知っていた。プレストンのふところ具合は厳しく、指導料をひねりだす余裕はないはずだった。

「興味深いな」プレストンは雑誌を叩きながらいった。「この記事によると、ニューギニアの高地人は人肉を食べる習慣のせいで脳の変性疾患にかかることがあるんだとか。それじゃ、やっぱりこの狂牛病騒ぎにはなにかあるのかもしれない」

「それで、どういうものなんだ、プレストン？」わたしはたずねた。

「どういうものって？」プレストンがしらじらしくいった。

「その解法だよ。どういうものなんだ？」

「へえ？」プレストンは笑みを浮かべた。「それじゃ、ぼくがほんとうのことをいってるかもしれないって、考えてるんだ?」

「可能性はある。その解法とやらを教えてくれ。そしたら、それを試して、ほんとうに有効かどうかを確かめられる」

「有効さ、ディクソン、効き目ならある」プレストンは窓の外をながめていたが、実際には未来をみつめていた。「グランドマスターになることを夢見たことはあるかい?」

「もちろんさ」わたしは肩をすくめた。「初心者の段階をすぎたチェスのプレーヤーなら、誰だってときにはそのことを考える」

「そう、そうだよな?」プレストンはそういって、奇妙な目でわたしを見た。


その後、プレストンとは音信不通になった。じつのところ、わたしたちはもともとそれほど親しいわけではなかった。どちらかというと、練習相手のような間柄だった。どちらも地元のチェス・クラブのメンバーで、おたがいの住まいがそれほど離れていないので、ときおり会って、その場で何ゲームかやっていただけなのだ。ある晩、プレストンはチェス・クラブで対戦相手を全員破ったあとで——そのなかには、われわれのなかで最高のプレーヤーで名人のサミュエルソンもふくまれていた——クラブにこなくなってしまった。

　わたしはチェスの雑誌をとおして、プレストンが頭角をあらわしていくのをおいつづけた。毎月、プレストンがまたしても勝利をおさめたというニュースがのっていた。その勝利はいつでも対戦相手や主催者にとって予想外の結果であり、いつでも完膚なきまでのものだった。そして、ニュース記事に写真が添えられているときには、いつでもプレストンはぽっちゃりとした手に小切手やトロフィをもち、傲慢ですこし退屈そうな表情を浮かべていた。

　いまにして思うと、プレストンは最初からメジャーのオープン競技会の予選に申しこみ、本選まで進んで、そこで完璧な勝利をおさめることもできたのだろう。だが、彼はあまり自分に注意をひきたくないと考えていた。まず週末に開催される大会に参加して——そういうところでは、予想外の勝者はそうめずらしいことではない——それから、じょじょに二線級の国際マスター大会へとあがっていった。グランドマスター級の大会でプレーするようになったのは、彼がわたしの家の居間で五連勝を飾ってから、まるまる十八カ月がすぎたころのことだった。そして、そのときには、彼はポール・モーフィ以来——十九世紀なかばにヨーロッパを旅して、チェスのタイトルを侮辱的なくらいあっさりと総なめにしたアメリカの偉大なるプレーヤー以来——もっとも天賦の才に恵まれた男と称されるようになっていた。

ある晩遅く、電話が執拗に鳴りつづけて、わたしをベッドからひきずりだした。かけてきたのは、興奮した様子のプレストンだった。

「たったいま、ブエノスアイレスで勝った！」受話器をとりあげるやいなや、彼の声が耳に飛びこんできた。

「どちらさまですか？」わたしは半分ねぼけたまままたずねた。

「ぼくだよ。プレストンだ」

「プレストン？　いま何時かわかってるのか？」

「ブエノスアイレスだよ、おい、聞いてるのか！」彼はつづけた。「カーニーやクルチェフフェルドやオラフッセンをおさえて、一位になった！　グリギックとヘンメルとは引き分けたけど、それはわざとやったんだ。オラフッセンには、勝ちをゆずりさえした。ほら、考えたのさ。ぼくはもう覚えてられないくらいまえからずっと勝ちつづけてるから、そろそろあちこちですこし負けはじめるころだってね。カスパヴィッチに、ぼくには勝てると思わせておきたいんだ」

「カスパヴィッチと対戦するのか？」これで、わたしは目がさめた。プレストンがこの世界チャンピオンと——ほとんどの専門家から史上最高のプレーヤーとみなされている男と——戦うというのは、考えるだけで途方もないことだった。

「いや、そうじゃない。まだだ」プレストンがじれったそうにいった。「けど、今回の結果をうけて、ぼくは世界の上位二十名のプレーヤーの仲間入りをはたした。それよりもっとすごいのは、ゾーナル大会（世界をいくつかの地域に分けた世界選手権の予選）への参加権を得たってことだ！」

「そうか。そいつはおめでとう、プレストン」わたしはそっけなくいった。

「もっと喜んでくれるかと思ってたんだけどな」プレストンがいった。傷ついたような声だったか？　まさか。相手はあのプレストンなのだ。

「そいつは要らぬ心配さ。こっちはきみの勝利をすべてスクラップブックにしてとってあるんだ」わたしはいった。「けど、世界王者の座をかけてカスパヴィッチに挑戦できるようになるまでには、まだ先は長いぞ。国際チェス連盟が主催する勝ち抜き方式の世界選手権で勝たないと」

「あれに効力があるって、まだ信じてないんだろ？」プレストンがいった。

「きみの解法かい？　あきらかに効いてるようだな」わたしはこたえた。

「でも、あれがそこまで効くとは考えていない。ぼくがどこかでだめになると思ってるんだ」

　わたしはなにもいわなかった。

「ぼくは世界チャンピオンになるよ、ディクソン」プレストンがいった。とりあえず本人がそう信じているのは、あきらかだった。「それに、まだある。ぼくは最後の世界チャンピオンになるだろう。そして、史上最高のプレーヤーに」

「どういう意味だい？」わたしはたずねた。彼の声の調子に、わたしはなぜかすこし不安をおぼえた。

「雑誌を何冊か送ってくれないかな？」プレストンが軽い口調でいった。「ゲームのあいだ、なにも読むものがなくてさ」

　そういい残して、彼は電話を切った。

　それからしばらくプレストンからの連絡は途絶えていたが、わたしは彼の戦績を丹念においつづけた。彼はゾーナル大会でどうにか三位に食いこんだ。最後のラウンドで、アイスランドの強豪でグランドマスターのスヴェンソンを破ったのだ。半年後にひらかれた国際チェス連盟の勝ち抜き方式の世界選手権では、彼の活躍を予想するものはひとりもいなかった。だが、彼はここで世間をあっといわせた。イングランドでもっともレートの高いプレーヤーで神童の異名をとるディーン・カーニーを準々決勝で破り、準決勝では一ゲーム先行されたあとでギリシャのグランドマスターのニコスをあっさりとかたづけたのだ。こうして彼は、カスパヴィッチへの雪辱を期して闘志を燃やしているクラムノフと対戦することとなった。さすがのプレストンも、ここで力尽きるものと思われた。だが、彼は時間制限のある七戦目を接戦でものにし、世界王座をかけて、半年後にニューヨークでカスパヴィッチと対戦する権利を手にいれた。

クラムノフになぜか不覚をとったとき以外、カスパヴィッチはこの十八年間、ずっと世界チャンピオンの座を守ってきていた。はじめて世界チャンピオンになったのは弱冠二十三歳のときで、以来、その一度をのぞいては、ずっと勝ちつづけだった。そして、クラムノフからタイトルを奪回したときの様子からすると、彼がふたたび負けることはなさそうに思えた。

カスパヴィッチとて無敵ではなく――そのことは、クラムノフが証明していた――大がかりな総当たり戦や勝ち上がり戦ではときどき負けていた。だが、長期戦となると、彼はむかうところ敵なしだった。生まれつき傲慢で、優越感を隠そうともせず、どのゲームも意志の戦いととらえて、相手の精神を叩きつぶすことに喜びをおぼえる男だ。もっと才能のあるプレーヤーがこの世には存在するのかもしれないが、長期戦では、誰もカスパヴィッチの勝利への執念にはかなわなかった。おまけに、どこへいくにもトレーナーとアドバイザーと心理学者からなる特別チームをひきつれており、対戦相手の目には彼が難攻不落の砦に守られているように映ることさえあっただろう。

対プレストン戦でカスパヴィッチはまたしても勝利をおさめるにちがいない、と専門家たちは予想していた。ひとつには、防衛するチャンピオンのほうがいつでも有利だからである。二十四回戦制の場合、チャンピオンはタイトルを保持するのに十二ポイント獲得するだけでいい。一方、挑戦者のほうは王座を奪い取るのに十二・五ポイントが必要となる。これをわずかな優位ととらえるむきもあるかもしれないが、トップクラスのチェスの試合では、最高のプレーヤーどうしの実力がほぼ互角のため、半ポイントの差がしばしば勝利と敗北をわけることになる。それにくわえて、カスパヴィッチは挑戦者たちが戦いをくりひろげるのをじっくりと観察し、時間をかけて準備をするというぜいたくが許されていた。そうやって、最終的に勝ち残ってチャンピオンへの挑戦者となりそうなプレーヤーの弱点を研究し、全体の作戦をたてることができるのだ。

だが、いちばんの懸念材料は、プレストンのプレーぶりが現チャンピオンをほんとうに脅かすほど良くはないということだった。それは、こうした事柄を判断する資格のある誰の目にもあきらかだった。プレストンの調子にはむらがあり、一年ほどまえに彼がみせていた将来性は、結局それだけのもの――すなわち、将来性――にしかすぎなかったようだった。ある試合では驚くほど簡単に勝ったかと思えば、べつの試合では集中力に欠き、試合を投げているようにさえ見えた。対戦相手たちはプレストンの調子の波の大きさに不満をのべ、解説者たちは彼の判断に疑問を呈した。一時間とかそれ以上チェス盤のまえにすわって宙をみつめていたり、小さな声でひとりごとをいっていたりしたかと思えば、やはりおなじくらい長い時間をかけて真剣に考えこんだあとで、ひどい大失敗をやらかすこともあった。

対戦を数日後にひかえたころ、グリゴ・カスパヴィッチは自分がいま絶好調であり、プレストンが一勝もできない可能性さえあることを、高らかに宣言した。無分別な発言かもしれないが、チェスの関係者でその言葉を疑うものはほとんどいなかった。プレストンのほうは自分の意見を胸に秘めたまま、ほとんどなにもしゃべらずに、カメラにむかってただ満足げな笑みを浮かべていた。

対戦がはじまるまえの晩、わたしはプレストンから電話があるだろうとほぼ確信していた。そして、その予想は裏切られなかった。だが、プレストンの無頓着といってもいいくらい淡々とした声には、意表をつかれた。

「きみの電話番号が変わってなくてよかったよ、ディクソン」プレストンはいった。「変わってたら、きみをつきとめるのにえらく苦労してたかもしれない。で、調子はどうだい？」

「こっちのことなんて、どうだっていい！」わたしは興奮していった。「きみはどうなんだ？　やったじゃないか！　カスパヴィッチと対戦するなんて！」わたしは笑った。「幸運を祈ってるよ。きみにはそれが必要だからな！」

「幸運？」プレストンが吐き捨てるようにいった。「そんなもの、必要ない。ぼくはみんなをだましてたんだ、ディクソン。馬鹿だな。ぼくがいったことを忘れたのか？」

「いや、覚えてるさ。けど、あのあと、きみはカーニーやニコス、それにクラムノフとも対戦しなくちゃならなかった。かれらは世界最高のプレーヤーたちだ！　それでも、きみは手加減してたっていうのか？　よせやい！」

プレストンの声の調子が急に変わった。

「きみはチェスが好きだったか、ディクソン？」プレストンがたずねた。自分の感情を抑えきれないといった感じだったが、その感情は、わたしが想像するようなものとはちがっていた。彼の声には、目前にせまった世界チャンピオンとの対戦への興奮とか期待ではなく、深い物悲しさがはっきりとあらわれていた。

「ああ、好きなときもあるな」この会話がどこへむかおうとしているのかよくわからないまま、わたしはいった。「いらつくときもある。たとえば、自分が間抜けな手を指したり、なにかを見落としたりしたときに。わかるだろ」

「ああ。けど、ごちゃごちゃにこんがらがっていたものがほどける瞬間ってのが、あっただろ？　つぎの手を指すまでのあいだとかに、そのゲームの核心が見えるような瞬間が？　それって、素晴らしかったとは思わないか？　奇跡のような瞬間だったと」

「ああ、たしかに。ときどき偉大な美を感じることがあるよ」

「あっただ」プレストンが言い直した。

「大丈夫か、プレストン？　なんだか、グランドマスターたちと長くつるみすぎたって口調になってるぞ」

　プレストンはなにもいわなかった。

「プレストン？」

「あと何週間かしたら帰る」

「いまが大変なときだってのは、わかってる」わたしはいった。「けど、しっかりしないとだめだ。素晴らしいチェスをして、こうしてここまできたんじゃないか。あとすこし、がんばるだけでいいんだ。イングランドにカップをもち帰ってくれ、いいな？」

「ディクソン？」プレストンがそっといった。「つぎの世界チャンピオンになりたくないか？」

わたしは対戦の模様を衛星中継で観戦した。すべて生中継されたのだ。チェスをするものにとっては、夢の実現といってもよかった。居間にいながらにして、世界選手権で駒が動かされるたびに、それを同時に目撃することができるのだ。

カスパヴィッチが先にステージに登場し、満員のニューヨークの観客席から万雷の拍手をあびた。彼はあきらかにやる気満々だった。そのひいでた偉大なるひたいは、むかしから彼の顔のなかでもっとも表情豊かな部分であり、思考じわの一本一本が、これまでに戦って組み伏せてきた過去の対戦相手をあらわしていた。かれらのプライドは、高くなっていく犠牲者の山に葬り去られるまえにずたずたにされていた。カメラがズームインした。カスパヴィッチの髪の毛は逆立っており、その態度は傲岸不遜としかいいようがなかった。

つづいて、プレストンが登場した。青白く、太りすぎで、ブルーのスーツは身体にあっていなかった。うわべは落ちついていたものの、そもそも自分がそこにいることにさえ驚いているように見えた。まさに殺されるまえのウサギといった感じだ。カスパヴィッチは礼儀正しさを装っていたが、頭のなかでどう考えているのかは一目瞭然だった。プレストンは成り上がり者であり、ここいらで目にもの見せてやらなくてはなるまい。

司会者がふたりを観客に紹介し、その様子がテレビで生中継された。スポンサーが商品を売りこみ、審判員が対局時計をセットする。プレーヤーたちは席について握手をかわすと、戦いを開始した。

完敗だった。

カスパヴィッチは手も足もでなかった。彼は人生で最高のチェスをした。これまでに人類がプレーしてきたなかでも最高のチェスだった。だが、それでもプレストンにはかなわなかった。それがいたましい光景となる必要はなかったが、そうなった。そして、ある意味では、それはプレストンのせいであるともいえた。彼が誰に思い知らせてやろうと考えていたのかは、さだかでない。誰のどんな侮辱に対する仕返しが念頭にあったのかは。だが、それがカスパヴィッチ個人に対する恨みであったとは考えられない。なぜなら、このふたりはそれまでに二度しか会ったことがなかったからである。しかも、どちらも公式の場だったたし、チェスで手合わせをするのは、間違いなくはじめてだった。プレストンは、一流になるという夢を実現できずに終わる一般のチェス・ファンすべてを代弁しているつもりでいたのだろうか？　いや、そうではあるまい。わたしが思うに、彼は自分がなにをしているのかを正確にわかっていた。

結局、二十四回戦のうち、対局は十三回しかおこなわれなかった。プレストンが十三連勝を飾ったからである。そして、どの対局でもプレストンは席につき、あきらかに退屈そうに宙をみつめるか、カメラや観客席にむかってうすら笑いを浮かべるかしていた。おいつめられたカスパヴィッチのほうにもときどき一瞥をくれるものの、それは侮蔑のまなざし以外のなにものでもなかった。もちろん、プレストンはチェス盤にも目をやった。だが、それは自分の番がまわってきたときだけで、しかもほんのちらりと見るだけで、自分の行動方針を決め、それにしたがって駒を動かすのだった。

カスパヴィッチについていえば、彼ができるだけ長く全力をつくしつづけたことは、否定しようがなかった。一回戦のときのプレストンの試合態度を見て――あきらかに無関心で、一手指すときについやす時間が侮辱的なくらいみじかかった――カスパヴィッチはまず怒りの反応を見せた。だが、すぐにプロ意識が頭をもたげ、彼は勝つ気満々で、一手ずつ落ちついてじっくりと考えながら指していった。負けたあとで、彼の怒りはふたたびおもてにあらわれてきていた。第二戦のあとの記者会見では、激怒しているといってもいいくらいだった。第四戦が終わるころには、彼はショック状態にあった。そして、第七戦をなんとか引き分けにもちこもうと奮闘したあげくに破れ去ったとき、彼の抵抗も力尽きた。残りの六戦は、世界選手権史上、もっともはやくかたのついた対局となった。そして、第十三戦が終わるころには、疑いの余地なく、世界中の多くの人間が——そのなかには、わたしもふくまれていた——プレストンを心の底から憎んでいた。だが、彼があたらしい世界チャンピオンであることもまた、疑いようのない事実だった。

カスパヴィッチが授与式の夕食会に姿を見せるとは、誰も考えていなかった。だが、彼はあらわれた。カスパヴィッチにとってはプライドと自信をいくらかでもとりもどす最後のチャンスだ、と人びとは小声でいった。授与式にでることで彼は大人物とみなされ、プレストンはますます嫌悪されるようになる。カスパヴィッチの狙いはそれだろう、と人びとはうわさした。本人には聞こえないところで。

カスパヴィッチとプレストンは、おなじテーブルについた。言葉をかわすことはなかったが、ふたりのあいだに敵意や憎しみの徴候はまったく見られなかった。ただし、それはプレストンが受賞スピーチをするために呼ばれるまでのことだった。彼が演壇に立って咳払いをすると、拍手がおさまった。この催しを記録して伝えようと、マスコミとテレビカメラがきていた。

「以前は、チェスが好きでした」プレストンはこうきりだした。あたらしい世界チャンピオンの最初のひと言にしては、奇妙な文句といえた。「でも、いまはもう心からプレーしたいという気持ちにはなりません」

聴衆のあいだからざわめきが起きた。

「だから、すこし困っています」プレストンはつづけた。「なぜなら、プレーはしたくなくても、世界チャンピオンではいつづけたいからです。とりあえず、世界チャンピオンでいるのは気分がいいですし。けれども、それはチェスとはまったく関係ありません。チェスというゲームにかんするかぎり、ぼくの腕前は実際のところ、むかしからひどくお粗末なものでした。おおむね想像力に欠けた人間で、数すくない友人たちでさえ、ぼくのことをとろいやつだと考えています。そして、おそらくぼくといっしょにいるのを、楽しんでいるというよりも耐え忍んでいるのではないでしょうか。実際、ぼくは自分のことを世界で最低のチェスのプレーヤーのひとりだと考えています。もちろん、ミスタ・カスパヴィッチに較べたら、へぼもいいところです」

さらにざわめきが起こり、鋭い口笛までいくつか聞こえたが、カスパヴィッチは威厳を保っていた。もっとも、いくらか困惑したような表情を浮かべてはいたが。

「それでは、どうやってぼくはミスタ・カスパヴィッチに完勝することができたのか？　じつは、それはとても簡単なことなんです。やり方さえ知っていれば。そう、それだけのことです。ぼくはチェスの勝ち方を知っている。必勝法です。腕前とか実力とかひらめきとは、なんの関係もありません。ぼくはそれを知っている。たまたまみつけたんです」

会場は静まりかえっていた。誰もプレストンの言葉を信じていなかった。どうして信じられるというのか？　プレストンは酔っぱらっている、とみんな考えていた。底意地悪くカスパヴィッチの傷口に塩を塗りこんでいるだけだ、と。いま、〝みんな〟といっただろうか？　実際には、自宅の居間でぬくぬくとテレビを観ていたわたしのほかにも、あとひとりだけ彼の言葉を信じたものがいた。

「これで、ぼくのかかえている問題がおわかりですよね」プレストンがつづけた。「ぼくがチェスをやめ、王座を放棄したら、数年後には誰かが――まず間違いなく、ここにいるミスタ・カスパヴィッチが――ふたたびチャンピオンの座につくでしょう。

でも、ぼくはそれがいやだ。ぼくがチャンピオンでいたいんです。ぼくは十三勝〇敗で勝った。これまで、誰もなしえなかったことです。今後も、二度とふたたびないでしょう。ぼくは最後のチェスのチャンピオンになります。それも、史上最高のチャンピオンに。なぜなら、これからみなさんに、ぼくがすでに知っていることをお教えするからです。どんなチェスのゲームでも勝つことのできるやり方を。じつをいうと、けっこう笑えるんです。なぜって、すごく単純だから。単純だけど、わかりきってはいない――アインシュタインとおなじで」プレストンは大きく息を吸いこんだ。「それは……」

彼が最後までいい終わることはなかった。カスパヴィッチがその直前に立ちあがっていたからだ。カスパヴィッチは胸ポケットから拳銃をとりだすと、プレストンに狙いをつけた。そして、彼を撃った。彼の頭を。

カスパヴィッチははなからプレストンを撃つつもりでいたわけではなかった、とわたしは考えている。それが裁判における彼の主張であり、彼がそういうしかなかったことはわかっているが、それでもわたしは彼の言葉を信じる。おそらく彼は自分自身を鼓舞しようとして、授与式の夕食会に拳銃を持参したのだろう。スピーチの途中で、彼はプレストンのいっていることを信じた。そして、プレストンがチェスというゲームを永遠に破壊しようとしていると悟った瞬間、この男は死ななくてはならないと思い定めたのだ。あの晩以来、カスパヴィッチは多くの人から――おそらく、そのなかにはサン・クウェンティン刑務所の看守たちもふくまれているだろう――さまざまな罵詈雑言《ばりぞうごん》をあびせられてきた。だが、まったくおなじ理由から、やはりおなじくらい多くの人がキングやクイーンのポーンをふた枡進めながら、胸の奥で彼に感謝を捧げてきたにちがいない。カスパヴィッチは、いずれもどってくる。もはやそう若くはないが、彼の勝利への執念は以前にもまして強くなっている。出所してきたときには、クラムノフがチャンピオンとして彼を待っているだろう。なにはともあれ、カスパヴィッチはすでに刑務所内のチェスのチャンピオンになっている。

プレストンはといえば、結局、彼は死ななかった。頭に撃ちこまれた銃弾がなかですこし跳ねまわったあとで、命を奪うことなく眼窩《がんか》から退場していく場合がある。プレストンの頭の傷も、ちょうどそういう変わり種だった。たしかに重傷ではあったが、そのおかげで彼はまえよりいい人間になったといってもいいくらいだ。

ひとつには、記憶がめちゃくちゃに破壊されたため、彼がいやなやつだったころの自分にもどれずにいるというのがあるが、それだけではない。彼は例のチェスの解法をどうしても思いだせず、またそうしたいという気もなさそうだからである。解法については、彼はそれを書きとめた紙片をどこに隠したのかも、まったく覚えていない。覚えているのは、自分がそれを書きとめたということだけ。どうやら、それは小さな白いメモ用紙だったらしい。あるいは、もしかすると青だったかも。

最近では、プレストンは空洞になった右の眼窩に眼帯をしている。すこし足をひきずるようになり、ほかにもいくつかちょっとした運動機能障害が残っているが、どれもそれほど深刻なものではない。食べたり飲んだりはいまでもふつうにできるし、テレビを観るのも買い物にいくのも問題ない。それに、たとえまた働けるとしても、彼にはその必要がないだろう。世界チャンピオンを獲得したときの賞金があるからだ。

じつをいうと、わたしたちはふたたびお遊びでチェスをやるようになっている。わたしから提案したもので、彼もいっしょにいるのを楽しんでいるようだ。それに、あの銃撃以来、わたしにとってはもうひとついいことがある。プレストンがあまりしゃべらなくなっていたのだ。おかしなことに、彼のプレーまでもがかつてよりもよくなっていた。いまではおたがいの実力が伯仲しているし、プレストンがこちらの気を散らそうとのべつまくなしに話しかけてこないので、わたしはまえよりもずっとゲームを楽しんでいる。たとえ、以前より負ける回数が増えているとしても。

だが、なによりもいいのは、プレストンがいきなり眠りにつくようになった点だ。実際、彼はゲームの最中に、よく急に居眠りをする。たいてい、こうした居眠りは十分ほどで終わるが、わたしがものすごく静かにしていると、ときには一時間とかそれ以上つづくことがある。そのほうが都合がいい。なぜなら、プレストンの家は広く、棚には本やがらくたがびっしりと詰まっているし、古い整理だんすや飾りだんすは雑誌や新聞であふれかえっているからだ。

彼がうたた寝しているあいだにそれらをすっかりさがしてまわるには、かなりの時間がかかるだろう。だが、例の紙片はきっとこの家のどこかにある、とわたしはにらんでいる。

凶弾に倒れて
Gunned Down

親父はカール・ヘンデンという男の放った凶弾に倒れた。凶弾に倒れる。ぐっとくる言い回しではないか？　劇的なイメージがある。そもそも、文字どおり〝倒れる〟には、そのまえにまず立っていなくてはならない。ジョン・F・ケネディは凶弾で命を落とした。ジョン・レノンは凶弾に倒れた。誰か有名人が殺されたり亡くなったりしたのを聞かされたときに自分がどこにいたのかを、人は覚えているという。まるで、そうした瞬間が共同体の通過儀礼か自分の属する世代をあらわすものででもあるかのように。ぼくはそうしたことをはっきり記憶しているほうではないが、親父が殺されたときに自分がどこにいたのかはきちんと覚えている。路上で、親父の隣に立っていた。

カール・ヘンデンは人だかりのなかからあらわれた。みっともない髪型をした、ちっこい男だった。手にプラカードをもっていたかどうかは、さだかでない。たぶん、銃を抜くまえに投げ捨てていたのだろう。やつは親父に六発の銃弾をお見舞いした。腕に一発。胸に三発。首に一発。そして、顔に一発。親父は凶弾に倒れた。悲鳴があがるなか、人びとが歓声をあげ、神を讃えた。

　この出来事が自分にどういう影響をあたえたのか、いまでも正確にはよくわからない。それが起きたとき、ぼくは七歳だった。そして、それからいろいろ読んだり聞いたりしたことからすると、七歳というのは感じやすい年ごろだった。当時、自分が強くなにかを感じていたとは思わない。あとになって思春期のころに、しばらくこの件にすごく執着していた時期があったが、まあ、それは自然なことだろう。たぶん、お袋のほうがもっとひどく衝撃をうけていたような気がする。若いころの写真では、お袋は漆黒の髪をしていた。そういう人にありがちなことだが、その髪はお袋が三十歳になるころには白髪まじりになっていた。そして、親父が死んでからふた月もたつと、それは真っ白になっていた。

　もちろん、悲しみのせいもあったが、それだけではなかった。お袋は昼となく夜となく、えせジャーナリストどもに悩まされていたのだ。あたらしい傷口をみつけて食らいついてきた、心根の腐った男や女ども。そいつらは、しつこくつきまとったうえに、他人の苦しみを使い捨ての娯楽とすることを学んだ人間の哀しい性《さが》に訴えかける言葉を書きつらねて、タブロイド紙で嘘八百をならべたてた。それにくわえて、お袋は良きキリスト教徒たちから、〝おまえら夫婦は当然の報いをうけたまでだ〟という趣旨の手紙（無記名）をたくさん受けとっていた。やはり匿名の卑怯者たちからは、死の脅迫文も届いていた。郵便受けをとおしてはいりこんでくる、人間の排泄物だ。うちの車の助手席で、お袋がツグミの腐った頭部を発見したこともあった。

当然、お袋はそういったことをぼくには話さなかった。なんのかんのいっても、ぼくはまだ七歳だったのだ。だが、ぼくは床にすわってジグソーパズルをしながら、隣の部屋でお袋が警官に話すのを――警官は何度もうちにきていた――盗み聞きしていた。警官たちは脅迫や攻撃を止めることができなかったが、その立場が許すかぎりの同情を寄せてくれた。

カール・ヘンデンは一時的な心神喪失を主張した。正気ではなかったというのだ。自分は〈生命の子供たち〉によって洗脳され、堕胎医――失礼、人工流産促進者――であるぼくの父親ジェシー・ホルマンがじつは悪の親玉であると信じこんでいた。弁護団（そのうちのふたりは、のちに放送界にはいった）の助けを得て、いまは深く悔い改めており、〈生命の子供たち〉も脱退した。〈生命の子供たち〉からはまだ同志のひとり、悪魔に対抗する兵士と呼ばれているが、もはや自分はその考えを受けいれてはいない……。ヘンデンは刑務所に三年間はいっていたのちに、良好な服役態度ゆえの仮釈放が認められた。なにをもって良好な服役態度とするのかは、よくわからない。おとなしくテレビを観ていた？　本を読んでいた？　人を殺さずにいた？

ヘンデンが刑務所からでてきたとき、ぼくは十歳だった。そして、それ以来、ずっとやつの活動を遠くから魅入られたようにおいつづけてきた。たいていの殺人者は、はなばなしく登場して人を殺してから、すぐにまた跡形もなく忘れ去られていく。だが、ヘンデンはそういう連中とちがって、ちょっとした有名人になった。トーク番組やラジオの大衆向け討論番組にいくつか出演し、ときおり新聞にコラム記事を書き、しだいに宗教的な狂信者にかんする権威とみなされるようになっていった。中絶反対の殺人がまたぞろ起きるたびに──そして、その件数は着実に増えていた──ヘンデンはひっぱりだされてきて、〝専門家〟としての意見をのべた。なんといっても、やつ自身、そういう場にいて、そういうことをしてきたのだ。

「では、この男の頭のなかでは、いったいどんな考えがうずまいていたのでしょうか、カール？　引き金をひく直前に？」どこかのアホが、歯をむきだしでほほ笑みながら質問する。「そうですね、マイク（もしくは、ロンとか、ボブとか、テッドとか）」カール・ヘンデンはこたえる。「彼の心は百パーセント、目のまえにある務めをはたすことに集中していたのでしょう。おわかりでしょうが、マイク（もしくは、ロンなど）、彼は犠牲者を人間として見ていなかったのです。そうではなく、悪魔の手先とみなしていた。いまのわたしには、それが誤りだということがわかっています。わが国の法律によって認められているか、自衛のためか、戦争時でないかぎり、人の命を奪っていい理由はどこにもない。けれども、いわせてください。あのとき、わたしの頭のなかには、自分がこれからしようとしていることが神の業であるという、これ以上ない確信があったのです」

まったく同感だよ、兄弟。

どういうわけか、やつはテレビ向きだった。あいかわらずちっこい男だったが、誰かがその髪型を直していた。とりあえず、きれいに洗って、みじかく刈りあげてあった。黒い襟なしのボタンアップのシャツに、メタルフレームの眼鏡。年齢は三十五歳くらいだったにちがいなく、細面で、顎が飛びだしていた。相手を射抜くような目。たぶん、カメラのまえではブルーのコンタクトレンズをはめているのだろう。

ヘンデンが自分のテレビ番組で大物の仲間入りをはたしたのは、それから一年後のことだった。番組がはじまったその週に、お袋が死んだ。ありがたいことに、お袋はその番組を一度も観ずにすんだ。だが、放送開始まえの宣伝用インタビューを読んだり聞いたりする機会はあったし、またしてもジャーナリスト連中の穿鑿《せんさく》にさらされることとなった。連中はしかつめらしく、もっともらしい顔で、お袋の古傷をこじあけて楽しんだ。ヘンデンのテレビ界へのデビューは、やつの宣伝係とニュース・メディアによって見事に演出されていた。そして、お袋の不治の病は、その効果をいっそう高めただけだった。

このとき、ぼくは十三歳だった。そして、それから十年かそれ以上、そんなふうに自分を見捨てていったお袋を恨んでいた。だが、公平を期するためにいっておくと、お袋はそもそも親父の死から立ち直っておらず、したがって弁解の余地があった。死因は癌だった――慈悲深いくらい、あっというまの出来事だった。刺すような痛み以上のものを感じるまえに、お袋の身体はすでに癌にすっかりおかされていて、数週間後には死んでいた。お袋はぼくをベッドわきに呼びつけ、やさしく輝く目でじっとみつめながら、小声でこういったりはしなかった――〝銃を手にとって、あのヘンデンのクソ野郎を撃ち殺し、やつに生命の尊さを思い知らせてやってちょうだい〟。だが、ときどきぼくは、お袋がそうしたと想像することがある。

ヘンデンの番組は《心《ハート》と心《ハート》で》という一時間のくだらないトーク番組で、折にふれて驚異のダイエット法を紹介しては、増加する太りすぎの視聴者をひきつけておこうとした。ぼくは、やはり未亡人となっていたグレース伯母さんのもとにひきとられていた。伯母さんには子供がなく、やりすぎるくらい世話を焼いてくれた。ぼくが学校から帰ると、ふたりでよくいっしょにすわって、ヘンデンの番組を見た。伯母さんは椅子の端にちょこんと腰かけて、「あの悪党が」とか「おまえの父さんにあんなことしたあとで、よくみんなあいつを我慢できるね」といったことを口にしていた。ぼくはサンドイッチと牛乳のグラスを用意して、絨毯《じゅうたん》の上にあぐらを組んですわっていた。

《心《ハート》と心《ハート》で》は大成功をおさめた。最初はケーブル局での放映だったが、すぐに人気に火がつき、民放のテレビ局が番組をまるごと買いとってゴールデンタイムで流すようになった。有罪判決をうけた殺人者が自分の番組の司会をつとめるというアイデアに、とことんリベラルな宗教的指導者たちでさえ非難の声をあげた。だが、視聴率は嘘をつかなかった。テレビを観ている一般大衆の目には、カール・ヘンデンが完全に更正したと映っていた。番組は世界中で放映され、ヘンデンは地元の政治家の娘とロマンスの花を咲かせた。彼自身が政界への進出を考えている、とヘンデンの広報担当はほのめかした。もちろん、穏健な保守派として。

やがて、大手の映画会社がヘンデンの生涯の映画化権のオプションを獲得したらしい、といううわさがハリウッドから伝わってきた。すでにヘンデンは、ぼくの親父が死んだすこしあとに制作された《ジェス・ホルマンの殺害》というテレビ映画で、危険な教団に洗脳された狂信的な殺人者としてスクリーンに登場していた。だが、いまではそれが金もうけだけを狙った最低の描き方だったことがあきらかになっていた。実際に起こったことを正しく伝えるには——そして、いろいろな意味でほんとうの犠牲者であるヘンデンを正当にあつかうには——一流の監督と俳優をそろえ、何百万ドルという予算をかける必要がある、というわけだろう。

ぼくはカール・ヘンデンのファン・クラブに入会して、〈ヘンデンにぞっこん〉というバッジとヘンデンの野球帽、にきびクリームと爪切りをもらった。何度か集会に参加しさえした。そして、そこでより熱狂的なファンのあいだで語り継がれている話をいくつか耳にした。それによると、ジェス・ホルマンは死んだ日の朝、クリニックで生贄《いけにえ》を捧げる悪魔の儀式を主宰していた。彼の妻——ぼくの母親だ——は、それを知ったあとで自殺した。そして、彼の息子——ぼくのことだ——はヤク中の頭のいかれた少年で、療養所に閉じこめられている。ぼくは集会にでるのをやめたが、あいかわらず会報はとりつづけた。

ぼくは自分の十五歳の誕生日プレゼントとして、『二度生まれ変わって』のハードカバーを買った。著者はカール・ヘンデン。映画会社からのプレッシャーにもかかわらず、ヘンデンは自分で書きあげるまで本の出版をひきのばし、そうすることで交渉力を強めた。『二度生まれ変わって』は予約だけでベストセラー・リストにはいり、本の講演旅行のチケットは完売間違いなしだった。ぼくは書評を読んでいた。それらを総合すると、ごくありきたりの啓発本だが、最後の一章で大きな驚きが待ち受けているということだった。原理主義との深い結びつきをまえに断ち切ったヘンデンが、ぐるりとひとまわりして、あらたに〈光の教会〉という教団を設立しようと計画していたのだ。それは、あたらしくはじめる事業のなかのほんの一部にしかすぎなかった。この〈ヘンデン産業〉なる事業には、テーマパークや映画スタジオ、民放のラジオ局やテレビ局などがふくまれていた。

書店から通り沿いに半マイルほどつづく行列にならんで待つあいだ、ぼくは途中の電柱に貼られた宣伝用ポスターや広告掲示板をじっくりと観察した。写真はモノクロで、粒子が粗かった——宣伝の戦略上、わざとそうやって著者に重厚感をあたえようとしたのだろう。ちかごろでは、よく見かける手法だ。ヘンデンの右肩のうしろには上からかすかにさす光が、左肩のうしろにはどんよりとした闇があしらわれていた。

ぼくが書店のなかにはいったのは、四時をすぎたころだった。道路沿いにはファーストフードの屋台がならび、簡易トイレが設置され、監視員が秩序を保っていたので、誰も不便を感じてはいなかった。正面入口の外では認可された露天商がバッジやスカーフを売っており、〈ヘイドン・ホンカーズ〉という吹奏楽団《ブラス・バンド》が休憩をはさみながら演奏をつづけていた。警備員の一団が来場者のバッグやコートのポケットを調べていた。どうやら、殺しの脅迫があったようだった。

閉店時間のすこしまえに、ぼくは列の先頭にきた。ヘンデンは三人の護衛に囲まれていた。警備会社の洒落た制服に身をつつんだ、サングラス姿の筋骨隆々の男たち。すこし離れたところには、おべっか使いの匂いをぷんぷんさせたスーツ姿の連中と、どことなく華やかな感じのする取り巻きたち、そして店の支配人かもしれない地味な服装の五十代の女性がひとりいた。

なんとなく漠然と、ぼくはヘンデンがこちらの顔を知っているものと思いこんでいた。だが、ヘンデンはまったくそんなそぶりをみせなかった。結局のところ、ぼくは裁判の場にいさえしなかったのだ。それに、ヘンデンの知るかぎり、〝ジェス・ホルマンの息子〟はどこかの病棟に閉じこめられていることになっていた。

ヘンデンはすわったまま、待ちかねていたように顔をあげた。トレードマークの黒いシャツに細いフレームの眼鏡。長くのばした艶のない茶色い髪。すこしてっぺんが薄くなっていて、しぶとく生き残っているロック・スターのようだ。目についていいえば、カメラは嘘をついていなかった――こちらに食いこんでくるような目。それに、コンタクトレンズは必要なかった。その目は、ほんとうに吸いこまれるように濃いブルーだった。

一日じゅうサインをつづけていたにもかかわらず、ヘンデンはまだ忍耐強さと愛想の良さを全身から発散させていた。

「なんて書こうか？」ヘンデンがたずねてきた。その声はやわらかく、思っていたよりも高かった。

「ふつうは、なんて書くんですか？」ぼくはいった。

「きみの名前をいれておこう」ペンがページの上でとまった。「なにか特別なメッセージはあるかな？」

解　　説

Explanation

A・マンの面倒をみるには《テイキング・ケア・オブ》

Taking Care of Antony Mann

野崎六助

Rokusuke Nozaki

☆A・マンとおれ

通常、こうした解説文は恰好をつけて、読者の知らないデータを並べたてることから始まり、鑑賞のポイントなり秘密めかした解読法なりを小出しにしていくような手順を踏む。ところが困った。解説者には、その肝腎の予備知識データがほとんどない。披露すべき持ち合わせがないのである。ベースになるものは心強い編集部が送り届けて面倒をみてくれるだろうと期待していたが、甘かった。最近はもっぱら「ググる」のが常識だから、資料の調達もこちらの自前になるらしい。

A・マン――オーストラリア作家。本書『フランクを始末するには』が第一短篇集で、本邦初紹介の一冊となる。収録の十二篇のほとんどは、一九九八年から二〇〇三年にかけて、「クライムウェイヴ」や「EQMM」などの雑誌に発表された。表題作「フランクを始末するには」が一九九九年、英国推理作家協会短篇賞を獲得。寡作である。――と書いたところでタネが尽きてしまう。まことに困った。

A・マンのささやかなホームページをひらいてみる。目立つところに「モンドの精神世界ブルース」という音楽ファイルが置いてあるので、クリックしてみると、なにやらホンワカしたインストルメンタルの曲が流れてくる。「上がったり下がったりのエレベーター・ミュージック」と注釈がついているが、おれの耳にはウチの屋根裏部屋で雨漏りを受ける金だらいが刻む哀愁のリズムみたいに聞こえた。

なおホームページを探索していくと、曲創り（ボーカルまで担当）も短篇映画も熱心にやっていて、その一部が公開されている。ずいぶん楽しそうなオヤジだ。といっても、活字作品はリストと書評がアップされているのみで、フリー・アクセスで読めるわけではないから、やはり本業は小説書きとしておいてよかろう。

しかし、この調子で解説文を流しているとカネ返せと言われかねないな。読者は解説にお金を払うのではないけれど、定価の何パーセントかを解説文が占めていることは確かなのだから。

少し姿勢を正そう。オーストラリア作家というと、SFの第一線に立ちつづけるグレッグ・イーガンの名を思い浮かべる人も多いだろう。また最近評判のグラフィック・ノヴェル作家ショーン・タンもいる。この三人に共通項はあるのかどうか。

それを検討するには、巻頭の一篇「マイロとおれ」（原著では表題作）が最適だ。これはいったいどのジャンルに入る作品なのか。ここにあっけらかんと描かれている〈天真爛漫《らんまん》〉計画なる実験は、これを短く要約紹介することが不可能だ。ブラックユーモアと断言するには、どこかの児童人権保護団体と真っ正面からガチンコする覚悟がいりそうだ。近未来SFサスペンスとかいっておけば無難か。ストーリー運びはよくある刑事ものだ。なので筋金入りのミステリ・マニア（別名は省略する）なら史上最年少の「赤ん坊探偵」ものだと驚喜するかもしれない。映画好きの作者が、派手なドンパチのバディ・ムーヴィーを愉しんでいたところ突如アイデアが閃《ひらめ》いた瞬間がまのあたりに浮かぶようだ。

表面は甘くジューシィだが、嚙みしめると中からどんな味がしみ出してくるか見当がつかない。ソフトクリームを舐めていて、そのうち地球最凶の珍味にじわりと直撃されるようなものかもしれない。血みどろの死体が転がる現場で、オムツをした「刑事」が動物の名前とかをケタケタと叫ぶ。たんに非常識でコミカルな場面といっても、その不条理さがある種の異世界的な深淵にまで達していないと退《しりぞ》けることはできないのだ。スイート&ビターでは、まったく形容に不足する。

これは、この半世紀（プラス数十年）ほど、「奇妙な味」という分類項に仕分けられてきた作品群に属しているようだ。このコーナーには、まだまだ不穏な潜在パワーがある。ある時代情勢に特有の産物というより、いつの時代にも陽の当たらない不毛の地に、人間の不活性と暗部のみを養分にして密かに彩《いろ》づく毒の花のようなもの。いや、毒というほどの攻撃性があるのなら、よほどわかりやすい。世の中には、毒にも薬にもならないかわり、近くでしげしげと覗いてみる物好きにはしっかり実害を与えるような厄介な「味わい」というものがある。珍味。それは味の「わかる」者にしか手の届かないアナザー・ワールドなのだ。

奇妙な味は、かつて小説を読み飽きた高級なマニアが最期に挑戦する禁断の高み、といったふうに称揚された。そのような贅沢感覚は、もうとっくに廃《すた》れてしまっている。今では禁断の領域などはどこにもない。要するに、消化しきれない類のおかしな作品は、すべて、お手軽にこのコーナーに並べて済ませることが習慣化している。良し悪しではなく、奇妙な味もまた大衆グルメ化してしまった。このことはどうにも否定できない。困るのは、珍味に囲まれすぎて、味覚のエッジが鈍磨する一方といった事態なのだ。

そのあたりの変容こそ、A・マンの解説がおれなどに回ってきた背景であるらしい。おれは一時期サイコ・ミステリの専門家とみなされていたようなので、「ゲテモノ喰い」の鑑定家としてもツブシがきくと思われているのかもしれない。アレとコレとをごっちゃにするなと、もっと純度の高い専任者に叱られそうだが、この程度の鑑定ならおれでも充分に用が足りそうだ。

はて、A・マン、この書き手は現代の奇妙な味の旗手たりえるのか。この一冊で——。あるいは、これから後続するだろう将来の作品において。

☆A・マンの面倒をみる《テイキング・ケア・オブ》には

「マイロとおれ」は、全体としては好感度いっぱいの作品だ。場面転換のところどころに気味の悪い深淵がぱっくりと口をあけてはいるが、作者はうまくそれを避けて滑っていく。少しでも逸れたら軌道修正がきかなくなるだろう屈折点をいくつも通りぬけながら。その意味では、「高度な」読者には物足りなさを残すだろう。

話は変わるけれど、香港武俠アクションとマカロニ・ウェスタンが支離滅裂に合体したかのような怪作『決闘の大地で』のヒーローは、赤ん坊を連れて未開の荒野をさまよい歩くのである。そして死闘に継ぐ死闘。主演は韓国スターのチャン・ドンゴン、仇敵の剣士に『男たちの挽歌』のティ・ロン。剣戟は武俠アクション、ガンファイトはマカロニ、赤ん坊片手の斬撃戦は『子連れ狼』と、主役の設定以外はすべてこれパクリの、爽快なほどに節操のない（味にうるさい奴は観るなといわんばかりの）ゴッタ煮映画であった。くらべて、Ａ・マン作品はオリジナルな珍味性に徹している。主役はあくまで赤ん坊。徹し方が一途だ。

おれの知見によれば、「奇妙な味」派には二種類のタイプがいる。その一は、作品と人物とがぴったりと一致している類型。作家本人が近所に住んでいないことを祈りたくなるタイプだが、もしおれがこの派の専任的書き手だったとしたら、間違いなくそこに属するだろうと思えるので、あまりつきつめては考えたくない。その二は、本性は善人ながら作品においては思い切り奇抜になれる性格。Ａ・マンはどうやら後者だ。これは、各作品のオチだけみていくと、容易に判明することである。

こういう書き手は面倒をみて《テイキング・ケア・オブ》やる必要がある。という気分になる。

底意地の悪いオチがごく自然な流麗さですっと出てくる書き手はいるではないか。たとえば、スタンリイ・エリン。おれはエリンの名を思い浮かべるたびに、パブロフの犬みたいに、緊張し、唾液をしぼり出したくなる。Ａ・マンのオトシ方はシャイだ。ホームページで聴ける曲もだいたい同じ印象なのだが、親密な仲間内での語りに終始しているような人の好さがもろに出ている。

チェスをあつかった作品が二つある。古いほうの「プレストンの戦法」が原型的であり、「ＥＱＭＭ」掲載の「エディプス・コンプレックスの変種」のほうが高い完成度を示している。ストーリーの進行には相当の毒があるが、結末にいたって、作者は一種脱力的な反転を試みる。そこまで展開してきたのが、異常心理のケースではなく、温かいファミリー・ストーリーか何かだったかのような惚《とぼ》けたオチなのだ。最後にへヴィな苦玉を嚙みしめさせられなくてホッと安堵するか、はぐらかされたような不足をおぼえるか。好みは分かれるだろう。しかし、そこにいたるまでのプロセスは充分すぎるほど異常で異様なのだ。エディプス・コンプレックス、こんな使用法もあったのか。

本書中でおれが一位に推す珍なる珍味は第四番目に並ぶ「豚」である。書かれたのは一九九八年。豚（黒のポットベリー種の巨体）をペットにする夫婦の話。なに、これだけなら近頃のバラエティ番組だって、じつにいろいろの珍獣飼育の様子を観せてくれるから、珍でも奇でもない。気味が悪いのは、もう一種の「愛玩動物」のほうであり、豚とセットになったシーンの突出はシュールそのものだ。加えて、夫妻の言動がどっちつかずな点もおかしくてかつ怖ろしい。ジョークを試しているのか、それとも本当に全身全霊をもって異常《サイコ》なのか、一向にはっきりしない。はっきりしない境界で寸止めにした人物造型が、読む者の不安をツンツンとかきたてて止まないのだ。

などと、書いてきたところで、表題作にふれる前に紙幅が尽きてしまった。解説文の副題は「始末するには《テイキング・ケア・オブ》」ではなく、「面倒みるには《テイキング・ケア・オブ》」である。オチをつけることは解説文の役割をはみ出すので、このままオシマイのお粗末とする。

訳者紹介　1962年東京都生まれ。慶應大学経済学部卒。英米文学翻訳家。主な訳書にブルックマイア「楽園占拠」，クリーヴス「大鴉の啼く冬」「白夜に惑う夏」「野兎を悼む春」，ケリー「水時計」「火焔の鎖」などがある。

検印
廃止

フランクを始末するには

2012年4月27日　初版
2022年11月30日　3版

著者　アントニー・マン

訳者　玉《たま》木《き》亨《とおる》

発行所　(株)東京創元社
代表者　渋谷健太郎

162-0814/東京都新宿区新小川町1-5
電話　03・3268・8231-営業部
　　　03・3268・8204-編集部
URL　http://www.tsogen.co.jp
フォレスト・本間製本

乱丁・落丁本は，ご面倒ですが小社までご送付ください。送料小社負担にてお取替えいたします。

ISBN978-4-488-24205-3　C0197